KB177319

아빠 찾기

지혜사랑 262

아빠 찾기

김은정

지혜

시인의 말

북쪽의 샘골
낡은 집을 떠나

낙타의 걸음으로

별과 달과 해와
모래 밖에 모르는

낙타의 걸음으로

남쪽 은빛의 아라비아 해
반쪽의 눈물에 가닿을 때까지

아득하기만 한 당신에게
시 쓰기의 가능성으로

차례

1부
사슴이 서 있다

2부
분명히 표정 없는 사과이지만

3부
반쪽의 눈물에 닿아야지

4부
엄마와 함께

1부
사슴이 서 있다

아빠 찾기

아빠를 찾아 떠난 그 길에서 난 아무 것도 아니거나 모든 것이거나 어제이거나 내일이거나

이탈리아 소렌토 작은 성당에서 산타마리아를 부르거나 파키스탄 인더스강에서 몸을 씻거나 유타의 모른몬 교회에서 대리침례를 받거나 사우디아라비아로 하즈 순례를 떠나거나

그때마다 아빠는 내 침실의 천정을 폭우로 뒤덮고 벼락으로 땅을 가르며 불을 일으키고 휘몰아치는 사막의 모래 바람 속으로 더욱 나를 내몰고

세상에 집 없는 난 아빠의 잃어버린 여행 가방이거나 쓰다 버린 기행문이거나 쪽지에 휘갈겨 쓴 이름이거나

그 길에 포도나무는 열매가 없고 올리브나무엔 딸 것이 없고 밀밭은 먹을 것을 내지 못하고 울타리 안의 양 떼는 어둠에 사라지고 외양간의 소는 병들고

까마득히 먼 아빠와 나의 거리에서 가장 가까운 길을 감추고 있는 어둠이거나 먼지이거나

몸뿐인 영혼이거나

짐바브웨 코끼리의 아빠 찾기

아빠를 찾아 야생의 잠베지 강에 왔는데 여전히 아빠는 없었어요

없어서 혼자 터벅터벅 걷다가 파란 물웅덩이에 빠지고 진흙을 뒹굴다 악어한테 쫓기고 뱀을 만나 숨마저 빼앗기고

그렇지만 내 길은 언제나 아빠에게 물가로 이어진다는 빅토리아 폭포 소리가 또 들려왔어요

그 재주로 붉은 아까시나무 꼬투리열매를 따 먹고 다시 수천 년을 걸었나요?

신출내기 치타와 하이에나 고슴도치가 불쑥불쑥 튀어나와 춤추는 그 길에서 도무지 믿을 수 없는 새의 무덤 앞에서 울기도 했나요? 사자의 포효에 두려워 떨기도 했나요?

협곡의 물안개 사이로 아빠의 증거 같은 무지개가 떠올라요 그 끝에 피어난 흰 꽃을 찾아 다시 룬데강으로 걸어요

걷고 또 걷지만 거기에도 아빠가 없다는 것 아빠 자궁 속을 먼지처럼 둥둥 떠다니고 있다는 것과 바람 불 때마다 마주치고 있잖아요

>

아빠의 딸로 태어나 아빠의 품에 안길 때까지 이 여정이
끝나지 않는다는 것도 그리고 나를 앞질러 가는 아빠의 시
간에 대해서도

믿음뿐인 이 여정에서

아빠의 시작時作

흰 갈기를 휘날리며 밤하늘 길을 아빠는 오셔요
나타샤와 흰 당나귀를 타고 아빠는 오셔요

아빠를 달아나지 않는 별들을 밝히며 한 발짝 다가서는
겹겹의 우주를 향하여 난 길을 열어 아빠는 오셔요

무지갯빛 아빠의 약속이 더듬더듬 읽히고 숨결로 들려와요
마가리의 공룡과 사자와 얼룩말도 껑충껑충 뛰어서 아빠
를 따라와요

우리 집 궤도를 가로지르는 아폴로족엔 놀라지 마세요
낡은 하늘을 헌솜 틀 듯 달칵달칵 틀어 말려야 하니까요
한 우주에 우리 몸을 걸쳐보고 시침질해야 한답니다

우리 이별의 끝은 새로운 길을 만드는 기쁨이었어요

그 일에 흰 당나귀도 응앙응앙 좋아서 울어요
겹겹의 우주 속에 수많은 우리들도 응앙응앙 좋아서 울어요

아, 오셔요 침묵을 깨고 휘어진 빛의 그 길을 아빠는 오셔요

아빠하고 꽃밭에서

　최초의 어둠이 와자작 깨어져 나가나요 아빠는 눈물이 없는 흙덩이를 만져보세요 아무도 빛의 모서리를 탈 순 없었답니다 시간은 깨닫고 공간은 집중하는 햇살 속에서 깨지고 다친 우리의 여린 귀가 죽음의 구멍을 열었다 닫았다 서로에게 비치던 일을 뉘우쳐요 이제 우리 너머의 수많은 우리가 춤추고 노래하는 우주의 꽃밭에다 까마득히 먼 이브의 꽃길을 꺼내주세요 더디 오는 나비들의 무릎이 흔들삐쭉흔들삐쭉 겹치는 동안 아빠는 새들이 날아가는 수평선 어디쯤에서 퇴화한 눈 비늘을 벗겨내고 혼자 울고 있는 첫사랑을 껴안아야 해요 누가 속임수로 그걸 막으려 한다고요 꽃밭의 무한에선 어긋나버릴 일이에요 익숙한 어둠을 떠나 여기까지 온 우리, 아침 이슬의 노래가 꽃들의 방을 들어 올리도록 포도즛빛 흙덩이로 빚은 우리 몸이 나비처럼 가벼워지도록 아빠는 자꾸만 팽창하는 공중을 닫아 미처 다 못 핀 꽃들의 어둠에 손을 대고 가만히 어루만져보세요

포도나무 한줄기

파키스탄 카라치의 해군마을
가을의 포도밭 같은 그곳엔
우리 집이 있고

그 마을 입구엔
총을 든 해군들이 초소를 지키고 섰다
한낮엔 40도를 오르내리는 날씨
포도 이파리를 와인처럼 붉게 물들이는 듯하지만
마을 바깥엔 딴 세상이 펼쳐진다

그늘도 없고
따가운 햇살뿐인 초소 앞엔
출입증도 없고
부모도 없는 아이들이
부르튼 맨발에 헤진 옷
버짐 핀 야윈 얼굴로
차량들 사이를 비집고 다닌다

자동차를 탄 군인들과 부자들은
근심 없이 그곳을 지나가고
바퀴가 지나간 흙바닥 곳곳은 멍이 들고

\>
학교에 가지도 못하고
놀지도 못하는 아이들은
포도나무의 마지막 이파리처럼
5루피, 한 끼의 난 값
한화로 30원 가량의 밥 한 끼를 위해
붙잡을 포도나무 한 줄기를 찾아서
연신 까만 눈동자를 깜빡이며
막판의 길목을 필사적으로 뛰어다니고 있다

우스만의 서울

우스만은 서울에 가 본 적이 없는데
이미 서울을 감사합니다

네이비하우징스캠*의 과일가게에서
과일을 팔고 있는 종업원 우스만은

베헨,** 감자, 사과 맞지?
나만 보면 우스만은 호기심에 가득차서 묻습니다
왼손에 감자, 오른손에 사과를 들고서

그럴 때면 나는 누나 또는 한국어 선생님
맞아, 우스만,
천막 가게에 열리는 우리들의 한글 교실

그렇게 몇 달이 흘렀습니다

요즘은 혼자 서울을 놀러 다니는 우스만이
남산 타워는 어디야? 한강은 얼마나 길어?
지도에 손가락을 짚어가면서 진지하게 묻습니다

순진한 우스만의 서울을 생각하다가
넌 거기서 살기 힘들어,

미리 선을 그어버리면
베헨, 서울 감사!
간단히 수정하는 우스만입니다

우스만의 서울을 바라보면
코란이 말하는 천국 같습니다
정작 서울에 사는 사람들은
아직도 잘 모르겠지만

* 해군과 부자들이 사는 마을
** 누나

인더스강의 이방인

목동이 염소 떼를 몰고 저녁의 강을 건너고 있을 때 나는 차를 타고 강변을 달리고 있었지

강바람의 반대쪽으로 다닥다닥 등불 켜는 천막촌에 내 얼굴을 하고 있는 너의 얼굴이 떠오르고

늙지 않는 물길 따라 검은 재처럼 휘날리는 내 마음

나무뿌리에 밀려 울퉁불퉁 튀어 오르며 달리는 나는 외로운 이방인 국적 없이 이름 없이 아무도 나를 기다리지 않는 바다를 향해 낯선 강물을 굽이치는 쇳빛 물고기 같아

길목마다 죽은 짐승들의 울음소리 길가에 파묻힌 불행한 이야기들 먼지로 피어오르는 죽은 몸들의 흙냄새

나무꼭대기조차 보이지 않는 어둠속에서도 아직도 가야 할 길이 막막한 내게로 봄바람은 불어오고

강 너머의 마을에 조용히 사무치다가 침묵의 물결에떠오르는 이크발*의 등불을 연등제 가는 사람처럼 눈물로 바라보지만

    >

  나를 궁금해 하지 않는 너에게 나의 조국에게 강의 전설
을 보여주지도 못하고 쇳빛 발자국만 계속 남기고 짊어지
고

  * 파키스탄 문예부흥을 이끈 초기 시인

우리는 가끔

우리는 사랑한다고 말하지 않습니다
서로 다른 곳에서도 하나로 이어질 뿐입니다

아빠는 날 위해 가끔
대한민국 땅이었다가 파키스탄 땅이었다가
인더스강이었다가 한강이었다가
모스크였다가 성당이었다가

쌀밥이었다가 난이었다가
히잡이었다가 모자였다가
식혜였다가 짜이였다가

맑은 날이었다가 몬순기였다가
라마단이었다가 별축제였다가
8.14일이었다가 8.15일이었다가*

알라였다가 하느님이었다가
단군이었다가 부처였다가
코란이었다가 성경이었다가

나는 아빠를 위해 가끔
구걸 소녀였다가 이방인이었다가

바이러스였다가 낙타였다가
반얀나무였다가 팽나무였다가

그리고 가끔 나는
아빠의 심부름꾼이었다가 탕자였다가
또 아빠였다가

* 파키스탄과 대한민국 독립기념일

나무, 초승달, 새

손에 꺾이지 않는 단풍 이파리들이
서쪽으로 가자고 했다

서쪽으로, 한번도 가 본 적 없는 먼 나라로
가지를 펴자고 했다
초승달 뜬 나라로

평화와 번영을 구해서
아빠를 찾아서
빛과 지식의 작은북을 동동 두드리며
먹구름을 가만히 접어 올리며 가자고 했다

수선화가 닿을 아라비아 해 카라치 항구로

두려움에 떠는 내게
어린아이의 가슴으로 울며
이름 모를 광경에 설레며
샛별보다 앞질러 가자고 했다

오래 전 집 떠난 내게
달 보며 가자고 했다
사람의 모든 희망을 끊어버리고

떠나자마자 빛이 되는 그 길을
새처럼 노래하며 가자고 했다

مسجد*

내가 하루에 열두 번도
더 눈물을 훔치는 것은
내가 죽인 아빠가
내 안에 들어와
나를 돕고 있다는 것
살리고 있다는 것
죽지도 않는 아빠가
한때 내가 죽였을 때도
죽은 척 했다는 것
하루에 열두 번도 더
내가 감사, 감사하는 것은
눈물로 날 기다리는 아빠가
내 안에 있다는 것

* 모스크

카라치의 아침

눈 뜨기 전에 느껴집니다
침대에 누운 내 몸과
내 몸 위에 서 있는 당신이

파도 없는 파도소리와
시간 없는 시계소리
가라앉는 침묵의 계단과
떠오르는 병들의 약봉지와
오늘 없는 오늘의 바람을

거대한 약속이 지는 바닥과
눈 뜨기 전에 가는 어제와
가만히 가만히
포개지는 아빠의 피부와
날개 없는 사랑의 들판과

빈 그릇에 가득 찬 웃음과
가만히 가만히
떠지지 않는 서로의 어둠을
눈 뜨기 전에 눈 뜨는 것입니다

릭샤가 달리는 방식

릭샤의 바퀴는 달이랍니다
삼위일체의 달은 반짝거리며
잘 굴러간답니다
달 달 달

매연 가득한 도로는 망아지처럼 달리고
좁은 골목길은 벌레처럼 꼬물꼬물 파고들고
가다가 길 막히면 새처럼 날듯이 훨훨

주의사항,
릭샤는 탈 때는 손님 맘대로지만
내릴 때는 릭샤 아저씨 맘대로라는군요

휙휙, 휘파람을 부는 아저씨는
자신도 모르게 모태 무슬림이지만
기독교인, 힌두교인, 유대인 모두 같은 형제라서
어떤 성직자처럼 묻지도 따지지도 않는답니다

제발, 릭샤가 고장 났으면 좋겠어,
달 달 달 릭샤가 잘 굴러갈 때
염원하고 또 염원하는 마귀들도 있답니다

＞
어느만큼 왔니?
얼마만큼 갔니?
릭샤에 탄 손님들도 불평이 많습니다

끝이 없잖아요, 영원인걸요,
아저씨 말처럼 릭샤는 멈추지 않는답니다

릭샤는 기독교의 천국
릭샤는 이슬람교의 젠넛
릭샤는 힌두교의 스와르그

배고프잖아,
굶는 걸 못 견디는 손님들을 위해
릭샤는 먹는 별에서 잠시 멈추기로 합니다
아저씨는 친절하니까요

빨간 도마에 돼지와 소를 잡고 닭 모가지를 비틀면서
팝송을 따라 부르는 별
빨리 만들어, 빨리 빨리,
반성문 없이 음식쓰레기만 쌓여가는 별
릭샤는 그만 떠나고 싶어집니다
쓰레기더미에 달을 굴릴 순 없으니까요

지옥 같은 악취에 바퀴가 점점 쪼그라드니까요

그만 떠나요,
릭샤가 말하자 아저씨가 오케이, 합니다
달 달 달 달아나는 릭샤
어디로 가는지 바퀴만 알고 있답니다
안녕, 달 달 달

우르두어를 알아야지

보리수나무 그늘 아래
과일을 파는 바닥 가게
감빛 도티를 입은 주인아저씨 코밑수염보다
더 낮은 바닥에 주렁주렁 매달린
파파야, 망고, 수박, 배
맛있겠다, 과일 향기 코끝을 스치고

좋은 망고를 골라야지,
한국어로 망고를 고르다가
잠깐, 망고가 우르두어로 뭐지

우르두어를 알아야지

덜 익은 망고, 잘 익은 망고
봄내 날 설레게 했던 망고
쿵쿵 냄새를 맡아 보고
손가락으로 쿡, 찔러보는데
띤 케지, 띤 케지,*
성급해진 주인아저씨 재촉하고
망고가 띤 케지인가

우르두어를 알아야지

>
내겐 너무 어려운 우르두어
샤말리꿈, 이 인사말 하나를 무기로
앞마당을 쓸고 화단에 수선화 필 때는 좋았는데
핫산밀크, 카라치박물관, 모헨조다로
둘레를 넓히며 싸돌아다니다 보니
까막눈에 벙어리 신세
아이고, 세상 어려운 우르두어라!

우르두어는 한국어처럼 존댓말 사투리에
펀자브어 힌두어도 섞여있고
젊은이들은 영어도 섞어 쓰고
표기는 대학 나온 사람들도 어려워하니
이방인 난 꼬불랑꼬불랑 히말라야 산맥 어디쯤
갇힌 차가운 구름처럼 백기를 들고 말았는데
산보다 더 높은 반발심만 키웠는데

번역기를 치고 손짓으로 발짓으로
디스 푸르트 네임, 이름,
빨리 사고 도망가야지
이 골치 아픈 우르두어에서
발 달린 짐승답게

>
그때 인심 좋은 주인아저씨
어여쁜 망고 한 무더기에 몇 개 더 얹어주면서
암, 한다
언어의 닻을 올리듯
암,

아, 망고는 우르두어로 암
암이고 말고, 암,
묘한 우르두어의 아름다움에 홀딱 넘어가서

이제 한 발짝도 도망가지 말고
맛있게 우르두어 산맥을 넘어봐야지
우르두어를 맛있게 먹어 치워야지
입 달린 짐승답게

우르두어를 알아야지
암,

* 3kg

2부
분명히 표정 없는 사과이지만

사과 같은 내 얼굴

지금 내 얼굴이 보이나요
과수원길 따라 걷고 있는
열일곱 살 풋사과의 그 뜨거웠던 여름을 기억하나요

분명히 표정 없는 사과이지만
진물이 흘러내리는 구멍 난 계절이지만
열일곱 살의 한 모퉁이에 닫힌 얼굴이지만

푸른 나무 잎사귀처럼
떨어지는 여름의 키스를 받으며
벅차오르는 가을의 절정에 이르려는
붉은 사과의 꿈이 보이나요

몬순기 바람의 방향이 바뀌던 날
강압적인 그의 청혼에 더는 견딜 수 없어
빗속에서 내 마음을 표현했는데

그날 밤에
그는 성난 개처럼 앞발로 내 침대를 짚고 뛰어 들어와
잠에 떨어진 내 얼굴에 오줌 누듯 염산을 뿌려댔고
천년 전 악의처럼

\>
암마!* 소리치며 내가 눈을 떴을 때는
녹아내리는 코와 뭉개지는 볼에 숨조차 쉴 수 없는
참혹한 지옥의 한가운데
사지마저 다 녹아내리는 것 같아

그후에 더 깊은 지옥의 나날들

재판 승리의 기쁨에 취해
함께 맛나게 점심을 먹던 정의의 얼굴들
꽁꽁 얼어붙은 인권의 민낯들
동정하기 바쁜 살이 찐 얼굴들
그리고 새로운 사과를 고르고 있는 그야말로
죽은 먼지의 얼굴
재산이나 지위를 따라 점점 부풀어 오르는 먼지

하지만 내 얼굴은
사과가 사과다워지려는 얼굴
샤갈의 사과처럼
전체를 보여주려는 얼굴

* 엄마

인더스강에서 1

아빠, 그 강이었어요

천막촌의 화덕에서
난처럼 얇고 노릇한 저녁이 익어가는 강
가꾸지 않은 천국의 마당에
아이들의 헝겊공이 데굴데굴 구르는 강

마칠리 절끼라니혜,
지원 우스까 바니혜,*

옛날처럼 고기 잡는 어부가 주인이 되는 강
어린 소녀의 빨래가 자글자글 물 주름을 잡고 있는 강

내 가슴 속의 두루미 떼가 날개를 펴고 날아오르는 강
깊은 강의 눈에서
넓은 강의 귀에서
단 물과 쓴 물이 차별 없이 솟아나는 강

달의 죽음을 몸에 짊어진 강
별의 빛을 우리 마음에 비추는 강

아빠와 내가 천년 전에 사랑하고 노래한 강

반얀나무로 심고 신령한 강으로 다시 살아나는 강

아빠, 그 강이었어요

* 인더스강 어부들의 노래

인더스강에서 2

인더스강에서 두루미 떼가 한 방향으로 날개를 치며 날아오른다

인더스강에서 인더스강까지

강의 긴 물길을 들어 올리며 붉어진 해를 날개로 감싸 안으며 서로를 부르며 두루미 떼는 줄곧 날아간다

구름에 잠든 길고양이를 입맞춤으로 깨우지도 않고 늙은 빛기둥의 부름에 멈추지도 않고 빛과 어둠이 섞인 모스크의 기도향기에 놀라지도 않고

다만 출렁출렁하는 망각의 오랜 강물을 관통한 후에 가고픈 강의 시간으로 되돌아갈 뿐이다 긁히고 상처 난 눈물로

인더스강에서 인더스강까지

서로의 양쪽 날개를 물결처럼 겹쳐올리고 겹쳐올려서 날아가는 두루미 떼 숨이 턱에 차 컥컥대는 강물 속으로 그 빛속으로

삐아레

사랑이란 말이 어떻게 나와

가슴속에서 꺼내는 말
너 아니면 하늘에 뜨려하지 않는 말
너 아니면 바다에 뛰어들려하지 않는 말
모헨조다로 유적지에 소풍 온 너에게 한 말

사랑해, 나도 모르게 한 말

밝아서 진심인 말
널 만나기 위해 홀로 걸었던 베이뷰 자작나무의 언 눈꽃
의 길 몸 잃은 사슴처럼 돌아다녔던 온타리오 겨울호수 그
리고 숨 막히게 더웠던 요르단 지하 감옥의 여름과 미칠 것
같았던 토론토 겨울 뼛속 추위야 얼어붙은 온타리오 호수
를 둘레처럼 헤맬 때도

사랑한다는 말, 꽃 한 송이 같은 너에게

소풍 온 너와 친구들, 선생님에게
머리 위에 하트를 그리면서 나도 모르게 고백한 말
그 먼 타국에서 가져와 너에게 주는 말

>

　폐허의 땅 위에서 퐁, 퐁 솟는 샘처럼 우리가 다정하게 눈 맞추고
　천국 사진을 찍어버린 말

　나라와 나라의 경계를 건너온 말
　물과 불의 자리를 넘어온 말
　고뇌의 구름을 울고 난 후에 파랗게 돋아나려 애쓰는 말
　살아 있는 우리의 말

　너를 사랑한다는 말
　서로의 영혼으로 귀향길을 메아리치는 말

* 사랑해

무함마드 알리 진나

아빠는 온몸으로 시를 쓰는 사람
나는 우르드어로 시를 쓰고 싶었으나
쓸 것 없는 부정父情에 뉘우치고, 쉰다

안녕, 아빠
우리 사이의 핏줄은 매듭이 없어
끝도 시작도 없이 하나의 목소리로 다정하다가
그 마저 전체로 사라질 것을 예감하고

남은 천년에
남은 기억에

보고 느끼며 생각하고 기록하는 일로 살아가려고
양심을 외면하지 않으려고 애쓸 때마다
밝아지는 아빠의 여러 가지 가능성들 속에서

사랑해요, 아빠
정오에 기도매트를 까는 삶이
만년설에서 녹아 내게로 흘러왔나 봐요
사랑하게 해주세요, 아빠
이 길의 조그만 슬픔과 외로움을
모스크 첨탑만큼 뾰족해진 눈물을

>
어디에서나 들리는 아빠의 노래
마자르 에콰이드 아름다운 아치형 무덤에서
파키스탄 500루피 지폐 안에서
파키스탄의 초대 총독으로, 독립운동가로
이슬람과 힌두교의 화해를 바라던 평화주의자로
눈 뜬 길을 이룩하며 걸어왔던 아빠

아빠의 노래를 사랑하게 해주세요
점점 어두워져 가는 세계에서
천 개의 노란 초승달로 뜨도록
그저 쓰지 않으면 꿈을 멈추지 않도록

카라치의 아부들

사라페살로드 횡단보도를
파란불 지기 전에 서두르는 저 늙은 남자들
힘겨운 노동으로 허리가 휜
저 겨운 명치 끝에 대고

아부, 아부* 하고 불러보면
망아지처럼 깜짝이야, 돌아보는
저 많은 나의 아빠들이 있다

그 돌아봄에서 나는 생각한다
어린아이처럼 아빠를 찾는 손과
무뎌지지 않는 아빠의 귀와
집으로 가져올 노동의 거칠어진 손바닥까지
그 면면을 세우는 목숨을 또 생각한다

빨간불 켜진 후에 횡단보도 끝에서
다시 누구 앞에 설 것인지
기억을 더듬는 아부들의 눈동자에

참을 수 없이 쌓이는 고요와
한없이 투명해지는 어둠과
빛 한 조각이 들키는 것을
어린 시절 기억 속에서 꼭 거머쥐어 본다

* 아빠

45

강이 흐르는 밧줄

붙잡고 갈 길이 없어졌을 때
깊은 밤 한강에서 달빛에 일렁이는 밧줄을 발견했지
나와 함께 가자,
밧줄이 말을 걸어오다니
뱀처럼 스르르 기어 올라와 내 발목을 칭칭 휘감고는
오래 참았노라, 고백하는 밧줄이

한강에 빠진 이름들을
하나의 긴 밧줄로 완성해나가기 시작하는데
　양화대교 아래 동강동강 토막난 밧줄로부터 빌딩에서 떨
어져 썩어버린 밧줄로 우글우글 사람 많은 골목길에 밟혀
버린 밧줄까지 모두 제 머리카락처럼 세 줄로 촘촘하게 땋
아 비로소 하나의 긴 밧줄로 만들어놓았을 때 그동안 내가
걸어온 길을 돌아보니 그 길은

　한 줄의 긴 쇠줄의 길
　도수 높은 안경으로 보아도 도무지 출구가 보이지 않는
막막한 어제의 길 전원이 켜진 쇠줄 안엔 혼돈의 기계들이
권총도 없는 사람들의 발목을 잡아채고 비리비리한 등을
후리치고 또 머리채를 묶어 공중에서 떨어트려 썩은 동아
줄에 떨어진 호랑이처럼 피투성이로 떨게 만들고

\>
쇠줄의 길을 더는 갈 수 없다고 다짐할 때
내 주머니로 출렁출렁 들어가는 밧줄
텅 빈 자궁을 꿈틀대다 순식간에 강물로 태어나
서쪽으로 서쪽으로 날아가는 밧줄

밤새 젖은 밧줄이 흘러서 도착한 그곳은
어릴 때 아빠와 같이 흐르던 인더스 강
타타*의 밤은 어둡지만그 속에 흐르는
긴 뜨거운 빠니**

오래된 밧줄의 믿음과 우애로
지구의 절반을 가로질러 뻗어있는
그리고 강철처럼 끊어지지 않는 노래를 불러요
한 가족의 노래

한강에서
인더스강까지
하나 되어 흐르는 강
그 속에 우리를 기다리는 엄마의 미소

* 파키스탄의 인더스강이 흐르는 곳의 지명
** 물

춤추는 소녀 1

나는 춤추는 소녀*
하루에 두 시간 춤을 춘다는 사실
춤 속에서 모헨조다로의 시간표를 보여주려고

벗고 싶은 옷은 4000년 전에 벗어버리고 태초의 순간부터 혼자 맞을 멸망까지 강바람이 불어서

내 작은 키에 쌓아 올리는 청동의 춤
10. 5 센티미터의 에로스와 타나토스** 사이에서

자개색 조개 팔찌를 찰랑찰랑 흔들면서 인더스강을 허리에 출렁이며 이우는 보름달을 왼쪽 다리로 들어 올리며 죽음의 언덕에서 가장 아름다운 춤을

멸망한 문명의 중심지
멸망인 문명의 중심지
멸망할 문명의 중심지

하루 두 시간 춤을 추지 않으면 죽은 문명이 춤의 자유를 이기기 때문에

몸에 뼈만 남은 석유랑 머리칼까지 다 빼앗긴 석탄이랑

몸속의 내장까지 다 털린 철광이랑 언 얼음에 시린 이빨만
남은 북극곰이랑

　빛의 가능성을 타닥타닥 따르며 추는 원시의 춤

　아리아인의 구름모자가 훌러덩 벗겨지도록
　아라비아 해 옆구리에서 신세계가 쑤욱, 빠져나오도록

신부 연습

한낮의 이층 거실에서 나는 간증을 연습하고 있었지
신랑이 올 때를 제비처럼 지키면서 그날이 정한 때를 기
다리면서

며칠 후에 카라치의 대형교회 연수원에서 내가 무엇인지
말하려고 달 따라 온 길을 더듬었지 기적 같은 그 길을 렛
잇 샤인 렛 잇 샤인

얼굴을 붉히면서 꽃다발을 던져볼 때 카펫에 엎드려진
햇빛이 일어나 내 입술에 마구 키스를 하고 렛 잇 샤인 렛
잇 샤인

포도줏빛 내 가슴은 술 취한 듯 흔들리고 거짓말 없이 흠
없이 사랑을 꽃 피우고 렛 잇 샤 인

어둠을 타오르는 불꽃의 말로 렛 잇 샤인
둘레를 기다리는 수피댄스의 음악으로 렛 잇 샤인

카라치의 물리산에서 샘물이 철철 흘러내리기를 내 눈에
서 눈물이 방울방울 떨어지기를

신랑을 기뻐하는 신부처럼 연습할 때 쏟아지는 햇빛 햇
빛 렛 잇 샤인

인더스강에서 3

　내 꿈은 흐르는 일
　히말라야 만년설의 산맥에서 발원해서 파키스탄 길고긴
땅 2171킬로미터를 관통하며

　묵묵히 흐르는 일

　물닭 우는 집집마다 화덕에 연기 피어오를 때
　종이공 차는 골목의 까르르 까르르 아이들 웃음 소리 먼
길 아라비아해 닿는 겨울의 발목까지

　뜨거움과 차가움을 지나 흐르는 일

　모띠아* 핀 한줄기의 강
　기도의 하늘을 굳세게 붙드는 일

　내 안의 알라를 찾아야 하리, 고향 땅을 등지고 아기를 품
에 안고 보따리를 이고 지고 당나귀를 끌고 인도를 떠나 이
슬람의 하늘 아래 파키스탄으로

　고난의 골짜기를 건너온 사람들

　그 먼 길 함께 빛나던 달처럼 아득한 행렬에 눈물로 먹은

난처럼 나에게로 오라, 꿈의 품으로 돌아가도록

묵묵히 빛으로 가득 차는 일

* 자스민

파키스탄의 달

어제는 탁실라에서
인더스강을 보는 고통의 신비로 견뎠고

내일은 시르캅에서
돌탑을 보는 환희의 신비로 버틸 것이기에

지금은
마술에 걸려 있는 비단길마저 놓치는 빛의 신비로
어둠의 껍질을 벗겨내고 벗겨내고

저 먼 길
저 낮은 바닥에 내려가서
남루한 구걸 소녀에게

해처럼 환한 얼굴로
노란 젖가슴을 꺼내려는

안팎이 초코파이 보다 물렁한
정情을 물리려는

행인들에게 그림자처럼 밟히더라도

춤추는 소녀 2

비 오는 날 창밖을 바라보고 서 있었어요 빗방울이 부르는 소리 똑똑똑 밖으로 나가봐, 네 꿈을 펼쳐야지, 나를 세상 속으로 밀어넣는 비가 속삭였지요 내 꿈을 들켰나 봐요 언니, 빗속에서 춤추자, 내 동생 노르세자의 꿈도 투명해져서 꿈틀거렸어요 우린 히잡을 벗어 던지고 나무와 풀잎들이 기다리는 들판으로 달려나갔지요 젖은 머리칼을 날리고 우리를 희롱하는 신을 물리치고 반얀나무 앞에서 잠시 멈추었어요 아름다운 옷을 만드는 디자이너가 되고 싶었거든요 하늘에서 내려오는 옷감인 비를 재단하고 손가락으로 자르고 기웠지요 누구나 입고 싶은 단 하나의 옷들을 만들기 시작했어요 카라치 뉴욕 서울 두바이 세상 어디에서나 열리는 패션쇼를 펼쳐 보이고 있었지요 그런데 누군가 우리를 쭉 지켜보고 있었다는 것 감히 여자가 빗속에서 춤추다니, 그 이유만으로 사촌오빠가 우리 꿈에 총을 겨누더군요 탕 탕 탕 총소리에 세자가 인어처럼 긴 다리를 늘어뜨린 채…… 나 역시 죽어가는 내 몸을 발견하고 말하고 있어요 다만 우린 옷을 만들었을 뿐이라고 가슴의 빛을 꺼내 옷으로 입혀주고 싶었을 뿐이라고 죽음을 두려워하지 않는 옷으로 영원히 남을 것이라고

호기심의 체질들

우리는 한민족, 한 핏줄 카라치로 건너와 이슬람의 한가운데서 난을 뜯고 짜이를 마시며 어설픈 우르두어에 외로워져도

한식구가 된다 주일마다 예배를 보는 카라치의 토마스 학교에서

예배 후엔 점심 먹고 수다 떠는 시간 각자 집에서 싸온 김밥과 파전 잡채 식혜까지

고향이 부산이든 전주이든 서울이든 아니면 천국이든 종교가 가톨릭이든 불교이든 무교이든

신분이 단기 봉사자이든 선교사이든 영사관 직원이든 기업체 직원이든 학생이든 부모 따라온 어린아이들이든

우리는 모두 한식구가 된다

반백의 머리에 히잡을 쓴 여자 선교사 노란 샬와즈카미즈를 입은 아가씨 선한 사마리아병원에 봉사를 온 대학생 봉사자들 초코파이 자동차 휴대전화를 만드는 기업체 직원과 가족들

>

긴 총을 든 경비 할아버지가 꾸벅꾸벅 졸며 지키고 있는
교회 안에서 살아있다는 건 지독한 고독인 줄 알기에 오늘
저녁엔 어느 집에서 다시 모일까? 작당하는 우리는

한길의 단순함을 사랑하고 호기심에 잘 몰려다니는 체질
들이다

선한 사마리아 병원

담장에 보건벨 꽃이 붉게 타오르는 병원

가난한 환자들이 그 꽃길 따라
물밀듯이 밀려오는 병원

수백 명의 환자가 무료로 개안수술을 받고
전치태반의 산모가 아이를 순산하는 병원

지난 30년 동안 문을 연 병원
테러가 났을 때도
전쟁이 났을 때도
코로나 봉쇄 때도
문을 닫지 않은 병원

언제나 가난한 환자들의 편이 돼주는 병원
30여 명의 한인 의료진들과 봉사자들이
환자들을 희망과 꿈의 길로 이끄는 병원

카라치에서도 가장 가난한 마을 오랑키타운
치안마저 안 좋은 그곳이지만
선한 사마리아인의 마음이
기쁨으로 가득 차오르는 병원

홀리 마운틴 스쿨

카라치 외곽의 기독교인 마을에
산처럼 우뚝 솟은 초등학교는
홀리 마운틴 스쿨

삼백여 명의 학생들과 현지인 선생님들이
카라치에서도 명문인 이 학교를 만들어가고 있다

고국에서 건축학을 전공하고
이십 대에 카라치에 온 이충우 선생님은
손수 학교를 설계하고 지은 한인 선교사이다

교실마다 건축가의 예술혼이 스며있고
한민족의 얼이 담긴 대한한국교실도 있다

카라치의 가난한 기독교인 아이들에게
꿈과 희망이 되어주고
신앙도 지켜주는 이 학교는
산 중에서도 가장 성스러운 산 같다

3부
반쪽의 눈물에 닿아야지

골목길의 슈퍼문

한번도 밟아본 적 없는
카라치의 좁은 골목을 가는데요

릭샤는 겨우 출렁거리고
전선줄은 치렁치렁 이마에 닿고
아이들은 마샬라 향료를 따라 뛰놀고

낙타가 바늘귀 가듯
좁고 좁은 골목을 갸웃거리며 더듬는데요

그때 골목 끝에 떠오르는
저 눈부신 슈퍼문

와항, 와항!
아이들의 손끝이 가리키는 저기는

야항, 야항!
우리가 서 있는 여기는

저기 있는 달이
여기 있는 골목을
다정히 입 맞출 때

실핏줄처럼 꿈틀꿈틀 일어서는 골목길

하나의 숨결로 완성되는 여기와 저기

*저기
** 여기

인더스강 아리랑

　너의 각진 턱을 감싸 안을 게 네모난 이마엔 입맞춤을 해
줄까 긴 목선을 따라 꽃잎처럼 휘감길래 너의 무릎을 내 무
릎으로 겹치며 한줄기 천년을 흘러야지 너만 보면 흐르고
싶어서 물이 되었나봐 인샬라 가장 소중한 널 위해 화덕에
물을 피워야지 죽도록 타올라도 가슴이 따갑지 않은 물꽃
일 뿐 돌아보면 아무것도 없는 물길이지만 그리움 속에서
너에게로 거슬러 오르려나 봐 오직 너 생각만 하다 모헨조
다로를 지나고 인더스 문명은 나를 모르고 건너가고 염소
모는 아이 혼자 울 때 어부의 노래를 불러야지 달빛 아래 설
탕공장의 굴뚝에 앉아 에맘*처럼 기도문을 고르며 너에게
가야지 마을의 화덕에 불을 넣어주고 젊은 엄마의 요구르
트 항아리를 흔들어 볼까 색색이 포목을 나르는 트럭에 별
을 가득 싣고서 너에게 가야지 땅과 땅의 경계를 모르려고
피부에 피부를 붉게 타오르는 놀 속으로 나는 자꾸 나를 달
아나려나 봐 왼손에 보리수나무 가지를 흔들며 아리랑 강
너머에 성스러운 풍경이 또랑또랑 오르도록 낙타 같은 십
리의 발병이 나도록 나를 두고 나를 두고 너의 옆구리로 들
어가려나 봐

* 기도를 이끄는 사람

손짓

나는 그동안 참 많은 손짓을 따라갔다

열두 살엔 낯선 아저씨의 손짓을 따라갔고
열아홉 살엔 대학의 손짓을 따라갔고
스물 살엔 첫사랑의 손짓을 따라갔고
스물두 살엔 예쁜 옷의 손짓을 따라갔고

그후에도 되찾을 수 없는 수많은 손짓을 따라갔다
심지어 냉장고 텔레비전 아파트 자동차의 손짓까지
비행기의 손짓은 말할 것도 없다

그 많은 손짓을 따라 갔다가 마지막엔 달의 손짓 따라
이 먼 파키스탄까지 왔는데

햇빛 타는 목마름의 길가에서
생명을 구걸하는 아이들의 손짓만은

희한하게도 그 손짓만은
단 하루만이라도
나는 따라 가지 않는 것이다

달이 흘러서 수선화를 카라치 항에 정박할 수 있었어

착한 마음이 구름을 헤치고 간다,
엄마가 말했지

부르르 하늘에 박힌 초승달을 보고
길 떠나는 누군가가 이 세계에 있다, *
아빠가 말했지

새벽에 떠나간 배 이야기

꿈 조각 하나 붙들고 파도치며 간다, 노란 수선화가 아라
비아해 항구에 정박할 때까지

돌아올 나비의 내일을 상상하면서
거친 파도를 헤치고 헤쳐서

먼 서쪽의 아라비아 해
그 무한의 공간을 바라보며

오래 기다린 그리움에, 반쪽의 눈물에 가 닿아야지

해변에 홀로 서서 신성한 돌산을 쌓고 있는 아빠의 숨결

에 들어가려고

　　돌
　　돌
　　돌 같은 바다를 깨며
　　혼자뿐이라는 느낌일 때도 계속 노래 부르며 간다

　　산 같은 아빠를 내 안에 끌어당기려고
　　천년의 부두에 정박하려는 배이기 때문에
　　그것이 유일한 호기심이기 때문에

　　엄마의 긴 노래 속에서 달의 심장에 닻을 내리려고
　　카라치 항구에 정박하려고

　　아라비안나이트 같은 오랜 이야기에 닿으려고

　　* 이시영, 「극점」

모두를 위한 모스크

하루에 다섯 번 울리는
마을의 모스크 기도소리는 평온했습니다
무슬림도 아닌 이방인도 잘 살기를
바라는 것 같았습니다

자주 모스크에 가고 싶었습니다
마을의 문제를 해결하려고 마을사람들이
줄지어 들어갔다 나오는
마을회관이어서요

라마단 축제 때
모스크는 천국 같았습니다
가난한 사람과 부자가 한식구가 되니까요

달빛 아래 길 위의 집
길 떠난 나그네에게 모스크는
무료 여관이었습니다

카라치에 살면서 알았습니다
해 아래 달 아래 모스크는
이웃들이 사랑을 주고받으려
애쓰는 성전이었습니다

간다라 부처의 시간

이슬람의 한가운데서도
버젓이 법당을 차려놓은 부처들이 있었다

번즈가든 안에 있는 카라치박물관

한번도 본 적 없는 근육질의 부처들
그리스 남자처럼 큰 눈에 로마 남자처럼 오뚝한 콧날
간다라 남자처럼 잘생긴 부처들

모두 실눈을 뜨고 불경을 외우고 있었다
수천 년을 넘나드는 불경의 시간을 읽는데

번개처럼 금이 갔다
내가 그 시간을 찍었기 때문이다

노 픽쳐, 박물관 직원이 금 간 시간을 돈으로 요구했다
20루피를 지불하고 다시 부처의 시간을 살려냈다

눈부신 비단길과 왕오천축국전이 겹쳐질 때
부처 속에 들어갔다 나왔다
언제나 그렇지만 부처의 이천사백년은
지금과 더불어 함께 있었다

해군 마을 운동장에서

바람 부는 봄밤
머리칼 휘날리는 저 긴 풀 잎사귀들
사이에 나는 너는 우리는
예수의 손톱이거나
아담의 갈비뼈이거나
이브의 머리칼이거나
불어오는 봄바람의 꿈이거나
텅 빈 모스크의 어둠이거나
아라비아 해 파도이거나
숨 막히게 피는 꽃이거나
천년 후의 달이거나
알라의 가장 높은 의자이거나
가장 낮은 구름의 기도 매트이거나
인더스강의 돌멩이거나
온통 흙빛인 모헨조다로이거나
영영 먼지이거나
먼지를 사랑한 딱정벌레이거나
지렁이거나 개미거나
물이거나 불이거나
바람의 코란이거나 뱀의 유혹, 입술
또는 아무 것도 아니거나
모두의 전체이거나

파키스탄 코로나 팬데믹 1

하늘길이 보이지 않는다

이미 공항에 안착한 비행기는 지나온 길을 깔끔히 지웠고
태양은 아무렇지도 않은 표정으로 빛나고만 있다

파키스탄 코로나 팬데믹 2

오후꽃만이 유일하게 오후를 빛낸다 우리집 담장 아래 오
후꽃 좁은 땅에 노랑색 붉은색 꽃들이 어우러져 피어 있다
나는 이 꽃들과 오후를 보낸다 고립된 마을에서 함께 있는
시간은 더 많아졌지만 이웃들과 끈끈한 유대감은 없어지고
말았다 고립 속의 고립에서 평생 처음으로 꽃의 무력한 사
랑을 느꼈다

파키스탄 펜데믹 3

하루가 천년
천년이 하루

하루에서 천년까지
긴 쇠꼬챙이의 양고기 같은 역사에서
카라치 봉쇄의 마을에서

나는 돌아오지 않는 아빠를
조금도 날 보살펴주지 않는 아빠를
고아처럼 적적하게 기다릴 때
길 잃은 길고양이 신세

천년 같은 하루를 어쩌나
하루 같은 천년에 무엇을 하나

안녕하세요?
하지만 대답 없는 이웃들 수상한 소문
저 코리안이 바이러스를 몰고 왔다지,

견딜 수 없는 누명에도
꿈쩍도 않는 하늘길
가장 긴 천년의 테라스에 갇혀서

>
난 아무 죄 없어요,
바이러스를 쫓는 눈들을 향해 말하고
벽돌 같은 시간은 부서지지도 않고

히잡의 시간

히잡을 벗어요
학교 갈 때 머리에 칭칭 휘감았던 히잡

책상 위의 히잡은 만개한 나팔꽃처럼 천정을 뚫고
지붕을 오르더니 월계관처럼 우리집을 덮네요
꽃 무덤처럼 안방은 고요하고

히잡 벗은 나는
히잡 쓸 수 없는 빛 한줄기
아이들의 흥겨운 골목을 그냥 달려나가지요
서로 웃고, 장난치고, 좋아하며

햇빛을 타는 순결한 내 머리칼은
마중 나온 첫사랑, 하늘 닮은 보리수나무

자전거 타는 아이들
내게 빛을 몰아주기 위해 따뜻한 스위치 같은
페달을 힘껏 밟고 있네요, 페사와리 차팔*을 신고서

내가 걸어가네요, 히잡을 벗은 하늘을 데리고
물기 많은 수천 년의 빛 속으로

* 전통 신발

사로드의 비단길

아득히 울리는, 붉은 모자 쓴 남자가 연주하는 사로드*

그 선율 속에서 부처님들이 도란도란 저녁을 먹네요

간다라 마을의 부처님, 탁실라 마을의 부처님, 페샤와르
에 놀러온 그리스인 모두 보리수나무 아래 태어난 같은 부
처님들

사로드 연주 속에 난을 뜯어 달이나 마살라를 바르네요 쇠
꼬챙이 고기구이 카밥을 질겅질겅 씹어도 되나요? 부드러
운 짜이나 오묘한 맛의 솔트 티는 애인한테 온 편지 같아요

악기를 연주하는 붉은 모자의 그늘에서 몸 벗고 노는 부
처님들 맡은 일이란 달빛처럼 노는 일뿐이고 그 리듬에 세
상까지 다 벗어 버리네요

덜컹거리며 협곡을 달리던 색색이 트럭들이 멈춰섭니다
바람에 날리던 흙먼지들도 바닥에 주저앉습니다 말 타고
달리던 알렉산드로스 대왕님, 그만 달리기로 합니다

모두 사로드 연주를 듣는 시간
흐늘흐늘 달빛 타는데, 양귀비꽃 같은 새로운 길이 열리

고 불가능의 봉우리를 달리고

  그 길에 웃음꽃이 무화과 속에서 피어나고, 피어나고 길
고 긴 비단길은 계속 펼쳐지고

  길이 다 사라졌어요,
  트럭아저씨가 막 비단길을 숨기면서 말하네요

  그 길은 사라지는 게 아니야,
  탁실라에 놀러온 그리스인이 말하네요

  친구가 된 부처님과 트럭아저씨와 그리스인
  있는 길, 없는 길 더듬어가며 듣는 사로드의 긴 선율

  낙타 등에 실려 오는 향료처럼 몸 섞이는 동서양 문화
  보석처럼 빛나는 향연에 새로운 길 열리고 열리며 축복
받고

  * 파키스탄 전통악기

보리수나무 사이로 걷다가

생각해보면 타국의 삶은 나무 사이를
걷는 일이었네

토론토 베이뷰의 단풍나무와
신드주 카라치의 보리수나무와
팔레스타인 라말라의 올리브나무 사이를
잃어버린 길 없이
초조한 길 없이
걷다가 걷는 일이었네

참 단순했네

타국에서 삶은
나무들처럼 묵묵히 거꾸로 서 있다가
그 사이를 홀로 걷는 이를
임마누엘 눈물처럼
감히 축복하는 일이었네

참 쉬웠네

캄캄한 밤이 되면
나무처럼 달을 비추고

강처럼 별을 반짝이다가
조용히 잠드는 일이었네

참 고요했네
영혼이 잘되는 길이었네

경비 페살이 남긴 편지

우리집을 지키던 경비 페살이 떠나던 날이었다
코로나 땜에 마을이 봉쇄된 탓에
회사에서 그를 해고 했고
일자리를 잃은 그가 집으로 돌아가던
마지막 날에 꼬깃꼬깃 접은 편지를 남겼다

그 편지를 잊어버린 채
우리는 집안에 갇혀 지냈다

한참 후 거실에서 발견한 페살의 편지
글씨는 글씬데 도무지 알 수 없는
한없이 안타깝고 그리운 사연일 게 분명한데

그림처럼 감상하다 아는 선교사님한테
번역을 부탁했다

지금까지 한 번도 이런 주인을 만나 본 적이 없었어요
나를 이렇게 존중해 준 주인도 없었어요
이런 대접을 받아본 것은 처음이에요
당신들은 참 좋은 사람이에요
신이 보낸 사람 같아요
당신들을 축복합니다

>
우리가 페살에게 무슨 일을 했지?
가만히 떠올려보니

점심 때 밥 좀 차려준 것
부인이 아기 낳았을 때 네슬레 분유 몇 통 사준 것
주말엔 좀 쉬라고 한 것
고향집에 갈 때 차비 준 것
퇴근할 때 과일을 가방에 넣어준 것
목마르지 않게 시원한 생수통을 매일 준비해둔 것

이런 사소한 일들이 몇 달 동안 있었다

페살의 편지를 눈물로 듣고
페살이 일하던 마당의 의자를 내려다보며
우리는 봉쇄가 끝나기를 기다리기 시작했다

기다림에 대하여

아빠를 기다리고 기다렸더니
아빠 목소리에 귀를 기울이고

촛불처럼 나를 다 태울 때까지
기다리고 기다렸더니

폭풍이 몰아치고 지붕이 날아갈 때까지
기다리고 기다렸더니

인더스강이 녹조로 뒤덮이고 하늘길이 지워질 때까지
기다리고 기다렸더니

높이 떠서 차가워진 구름처럼 히말라야 산맥을 넘지 못
하고
기다리고 기다렸더니

나의 눈에 아빠의 눈물을 채워주고 내 입술에 아빠의 향
기가
흐르고 내 두 손에는 아빠를 닮은 섬김이 나의 삶에 아빠
의
흔적이 남게 기다리고 기다렸더니

영원히 함께 하리라는 약속을 기다리고 기다렸더니
조롱하는 이국의 사람들과 맹렬한 꽃의 유혹 속에서도
아빠의 순결한 딸이 되도록 기다리고 기다렸더니

아, 기다리고 기다렸더니
아무리 기다려도 둘이 되려고 하지 않는 아빠는
나 혼자 이 시간을 가도록
마지막 한 걸음은 혼자 걷도록 기다리는 아빠는

* 내 마음에 주를 향한 사랑이, 찬송가를 인용

대한민국 전용기를 타는 날

드디어 대한민국 전용기가 오는 날
유일한 우리만의 하늘길이 열리는 날

카라치 공항에 배웅 나온 가족들은
슬픔의 꽃처럼 묵중하고
작별의 인사는
혼자 외롭게 손 흔들고

텅 빈 공항을 들어서다
차가운 미련으로 뒤돌아보니
출국장에 남아 있는 남편과
한인 근로자들과 선교사님들
그리고 내가 사랑한 카라치 사람들

떠나는 기쁨보다
떠나는 고통이
도망치듯 떠나는 승객의 발목을
붙들고 혼자 길게 울던 날

빛을 더 사랑하는 사람들

이 세상 어딘가
우리가 모르는 곳에도 빛은 있다

코로나 팬데믹에 고국이 몸살을 앓는 동안
그 먼 이국땅에서 고인이 된 빛들이 있다

파키스탄의 가난한 마을에서 학교를 운영하던 선교사는
그 학교에 지금 빛으로 와 있다
이라크의 건설 현장에서 근무하던 한인 노동자는
빛의 얼굴로 그 현장에 가 있다

이 세상 바깥에 있어도
빛을 더 사랑하는 사람들을
우리는 알고 있다

빛의 과거가 되지 않고
타국의 어느 학교에서
타국의 어느 건설현장에서
빛기둥처럼 서 있는 사람들이 있다

4부
엄마와 함께

내성천 물발자국

여름밤, 나는 물발자국을 찍고 있지
다리 긴 방아깨비처럼 맨 종아리로 참방참방 물푸레나무
를 기어오르듯
내성천 물결을 오르며 앙증맞은 물발자국을 찍고 있지

소쩍새 둥지는 늙은 소나무야, 자꾸만 내 귀깃을 적시는
내성천 물소리
어머니?
우리 집을 찾아 나는 금당실 송림으로 날아가지

생각난다 꼬치동자개처럼 아주 작던 내 어린 시절
여긴 내 솔이 너무 적다 소쩍소쩍
노란 홍채를 빛내며 회색 깃털을 날리며, 도회지의 내가
수백켤레의 신발로 찍은 물발자국들

네 어머니는 내성천이지? 장수풍뎅이의 속삭임
잠시 휘청거리는 물 묻은 내 발

왜 노아의 방주 탄 물이 내성천일까? 가난한 수달이 황금
과 바꾸지 않은 물, 흰목물떼새가 날개 덮어 지킨 물

아이들이 내성천 금모래알 소리 듣도록, 혼자 운 사람 억
새밭에 서도록, 모든 생명에게 지혜와 사랑을 입에 넣어
주도록

>
그래, 커피 한 잔을 만드는데 쓰는 물은 약 1050잔이지
이제 나는 물발자국을 줄이기로 하지, 오염된 물을 아들 딸에게 물려주고 싶지 않기에

씨르륵 맴맴 귀뚤귀뚤
박자를 맞추어 우는 곤충들의 울음소리, 하이든의 동물 교향곡보다 더 아름다운
나도 성악가처럼 울어대
소쩍소쩍

아, 꿈에 그리던 길
목숨 바쳐 우리를 키운 물의 길을 보는 밤

긴 밤이 지나고, 이제 물을 마중해야 할 때
밤새 내성천을 걷고 온 물발자국, 소나무 잎 사이로 걸어오는
소쩍소쩍
아! 어머니
이슬처럼 투명한
내성천이 된 우리 어머니! 영원히 물을 버리지 않는

초간정의 별 헤는 밤

농부의 굽은 허리 같은 삐뚤삐뚤 노거수들을 지나, 개울
물 소리에 취한 출렁다리 건너, 별에서 가장 가까운 집
초간정에 가는 여름밤

작고 보잘 것 없는 몸뚱이도 크게 꿈틀거린 곳, 아무 울음
이나 앉니 꽉 깨물 듯 귀여운 곳

대처에서 병든 내 마음이 무심히 쳐다본 남쪽 밤하늘, 맑
은 별 찾아, 어머니 젖 둔덕 더듬듯 내려온 예천

별 하나에 시
온 우주를 망라하던 내 슬픔이 시 한 줄에 박힐 줄이야

달밤의 초간정은 시 짓는 집
늙은이와 젊은이가 어울려 계곡물, 바람소리, 벌레소리
운율에 맞추어 시 짓고 있다

하늘과 바람과 별과 시
파란 녹 낀 구리 거울 속에서 백로처럼 날아온 윤동주, 새
끼 업은 방아깨비처럼 타국에서도 조국을 보고, 조국의 독
립을 걱정하고, 동포를 사랑하던 맑은 눈길의 시인이 시 짓
는 중이다 맨 처음 시 짓던 날처럼 초간정의 시인들과 함께

>

　권문해는 죽은 아내 현풍곽씨를 그리며 〈초간일기〉를 짓
고, 장윤덕은 독립의 의지를 달빛에 짓고, 죽림 마을 어른
들은 구수한 이야기를 시 짓고, 나는 잃어버린 고향의 얼굴
들을 별에 짓고

　참 별똥별 본지도 오랜만이다
　깜박 빛에 터지는 우리들의 자화상

　시 짓는 마음만큼 초간정에 익어가는 인정의 떡
　고시래, 누군가 떡 한 조각 계곡물 위에 던지고, 시인들
도 떡과 단술을 나눠 먹는다 그때서야 비치는 우리들의 자
화상

　온전히 전체가 된 자화상
　절대자인 하늘, 생명인 바람, 모두의 얼굴인 별, 그리고
시, 지혜와 사랑 담긴 시
　별 하나에 시
　별 하나에 어머니, 어머니

　돌 깬 물빛 같은 목소리로 별 헤는 밤
　시 짓는 초간정의 밤은 까닭 없이 깊고

\>

후쿠오카 감옥에서도 온전히 전체였던 윤동주처럼, 하늘과 바람과 별과 시로 대문 활짝 열린 초간정에서

별 헤며 시 짓는 시인들

꿈틀거림에 대하여

침대는 짓밟힌 꽃잎이었지

큰 차 한 대가 너를 향해 돌진하고
오토바이를 몰던 너는 형편없이 나동그라졌지
서늘한 도로에 터진 만두들도 꿈틀거리는 게 느껴지는 저
녁에
누군지 알아?
구급차에 실려 간 너를 두고 누군가 물었지

나는 너를 모른다고 말했네
흙의 피붙이인 너를
숲에서 멀어진 거리만큼 더 그리워지던 너를
물의 흐름을 돌리지도 못하는데, 땅속의 파이프 관처럼

부엉이 소리는 어디서 난 것 같아?

그날 밤 우리는 강변을 걸었네 너는 짐승의 이빨로 옥수
수를 훑었지 우리 미래는 터뜨린 폭죽 같았고, 과거의 별빛
은 모래 속에 파묻혔지, 투명한 피부의 손가락으로 보이지
않는 별을 끌어당기던 밤

텐트 앞의 한강이 넘실거릴 때

>

우린 배 밑에 너무 많은 발을 가졌노라고, 견훤도 지렁이에서 태어나지 않았느냐고, 네 친구들은 호기롭게 웃었지

우리 집은 나무로 짓자
거미줄이 거문고를 뜯는 집
우리를 찾던 짐승이 어디서 바람의 골목을 찾았을까?

떨어진 단추를 달려고 애쓰는 아이처럼
모르는 집에 집요하게 달았던 너의 초인종 별들
지붕 낮은 집에서 별을 헤아리자

나는 그날의 강물에 소금을 뿌리네
한 시절 나에게 눈으로 보여 주고, 귀로 들어 주고, 입으로 말해 준 너를 모른다, 모른다, 모른다 놀라 달아나는 말처럼 세 번을 걷어차고, 너를 떠났던 그날 밤처럼

꽃잎의 침대를, 너의 관을 모르게 옮기네
이 도시에서 짐승의 이빨을 숨긴 채, 꿈틀꿈틀 자꾸 돌아보게 하는, 너의 알몸에 핀 하얀 꽃까지

모른다, 모른다 더듬거리며

>

점점 크게 꿈틀거리며 기어가는 너를

또 점점 멀어져 작아진 나에게 놀라지 않으려고, 축축한 흙의 기억마저 지우는, 이상한 볼록거울의 악몽을 완성하려 애쓰며

기도문

배고파,
학교 식당에서 내가 휴대전화로 한 말
그 먼 파키스탄에서 일하는 남편에게

아이, 깜짝이야,
하고 놀라는 남편
배고픈 내게 밥 먹으라고 다그치며

배고픈 게 뭔 대수라고,
좀 투덜거렸더니
먹는 것보다 중요한 게 뭐냐고 되묻는 남편

학교 식당에서
5000원짜리 백반 정식을 먹으면서
한화로 바뀐 루피의 지독한 사랑에
허둥거린다

한 달 전 파키스탄은 대홍수에
국토의 3분의 1이 물에 잠겼는데
3000만 명의 집 잃은 난민이 발생했는데
배고픔에 밀가루를 구한다는 남편의 말에도
나는 기도문을 외지 않는 사람이었다

\>

아이, 깜짝이야,

또는

배고파서 어떡해, 당장 갈까?

그런 기도문을 외지도 않았다

곰의 노래

서로 간절하면 울림이 되는 걸까?

산에서 내려오는 너의 발걸음은
베이스 선율처럼 우아하고 힘이 넘쳤지
백두산을 누볐던 호랑이
너의 눈엔 단단한 정기가 서렸어

취이 취이,

만나서 반가워
우린 널 보고 환호성을 질렀지
지구의 모서리에서 불쑥 모습을 드러낸 널 환대하고
축하의 노래를 불렀지

그동안 우리가 널 위해서 한 일은
곰의 울음소리를 내는 거였어
빠른 템포로 자주 손빨래를 하고 포르테와 피아노가 교
체되듯
물걸레로 바닥을 훔쳤지
플루트를 불 듯 우리 아이들에게 곰의 이야기를 들려주
었지
절전콘센트를 쓰고 전깃불도 아꼈지

목관 앙상블처럼 우리는 지하철이나 버스 타기를 좋아했지

이름 없는 환경운동가로 살아온 우리
널 만나기를 고대했지
너와 동굴에서 마늘과 쑥을 먹었던 우린
너와 둘도 없는 친구였지

우린 팬데믹 이후에 더욱 콘서트 연습을 했지
음식물 쓰레기를 줄이려고 노력했지

한라에서 백두까지
삼천리 방방곡곡
호랑이와 사자와 곰, 사슴, 토끼가 맘 놓고 뛰어다니는
동물과 사람이 하나 되는 하늘 아래를 위해

하이든의 교향곡 82번처럼 곰의 노래를
계속 연습하고 있었지
우리의 강력하고 풍성한 오케스트라가 울려 퍼지길
그날을 위해 우리 이렇게 손을 꼭 잡고

눈사람이 잘 녹지 않는 응달에서

왜 여태 녹지 않았지?
담배꽁초가 툭 던져지지

공짜로 지하철을 타듯
놀이터나 화단 앞에서나 그냥 씩 찍어주었던 눈사람의 마
지막 김치

나보다 더 외로운 어떤 눈사람은
물과 불의 국경을 넘듯 언뜻 사슴을 본 것 같다고 했지만

숲속으로 이어지던 눈길을 죽음이라 부르고
감히 발자국을 찍을 수 있냐며 요양원을 쳐들어왔는데요

하루는 뒤집지 못하는 침대를 등에 이고
사슴처럼 병실을 깜짝이며
눈보라 속으로 떠난 황달의 눈사람을
각혈의 손바닥을 흔들고 떠난 그날의 그 눈사람

수도권 외곽의 눈발 날리는 응달의 왕국
주삿바늘로 찌를 수 없는 엉덩이를
자주 눈뭉치처럼 좌우로 돌려주던 밤들

\>
아직 살점이 남았잖아
두 눈에 잔뜩 힘주다 결국 다시 눈 뜨지 못했던 눈사람

어떻게 발자국을 다 찍어,
눈 뻘건 가족들이 항의를 한 날이었지요
함부로 숲길을 감추어 두었느냐고

어떻게 불 꺼진 방을 벗어나,
도무지 믿지 않으려는 눈사람의 가족들

요양원 밤의 한 귀퉁이에서 바라본 별들이
눈사람들이 늘인 발자국이란 걸 알고 계셨나요?

이 응달의 수수께끼를 풀어버리면

하지만 눈보라가 어디서 불어오는지 안다면
영원히 녹지 않는 이 왕국을 발견할 수 있을지도

담배꽁초에 덴 자리를 용서하고
얼굴에 뱉어진 마른 침을 삼키려면
누군가의 무례한 발길을 쓱쓱 품어버리려면

\>
이 응달의 한 귀퉁이에서
식기 전의 호박죽을 오물거리는 일

오물오물,
언니, 저 눈 좀 봐!
꽁꽁 얼어붙은 고요를 몰고 오는 사슴들

아, 몸을 일으켜야지,

나는 눈사람의 눈 때를 벗겨내는 눈 먼 눈사람

아이, 아파!
가만가만 밀려나오는 눈사람의 흰 때

할머니, 눈 때가 나 와!

여길 훔쳐보는 새 울음소리보다 더 굵은
눈사람의 흰 때

기억 교실

여느 봄날같이 언니를 찾아 학교에 갔다웅
먼지는 힘이 세 피도 눈물도 없어, 언젠가 얼룩이가 한 말
이었지

언니가 없는 단원구 연립은 무너졌고
너무 많은 먼지가 났고, 발을 다친 얼룩이가 떠났고 야옹
야옹

나도 먼지 같았지만 떠날 수가 없었어 수수꽃다리 화단
의 집을

아이, 징그러워! 결국 먼지 땜에 나도 집을 떠나게 됐지
뭐야
슬픈 기색도 없이 집을 부수는 포크레인 앞에서 헐떡거
리다가

7년 동안 우리 기억이 사라지진 않았어
언니를 기억하는 노란 리본들이 노란 벽돌을 쌓고 노란
눈들을 포개고 포개서 노란 학교를 세웠지
4.16 기억교실, 언니의 학교야

6월의 아침, 난 2학년 9반 지각생 야옹야옹

3층 계단을 살짝살짝 뛰어오르지

기억교실에 앉아 긴 생머리를 빗고 있는 보미 언니
거울아, 거울아 이 세상에서 누가 젤 예쁘니?
세상에서 제일 예쁜 보미 언니가 요술 거울에게 묻고 있어

하지만 교실 창밖엔 먼지가 너무 많아
미세먼지 보통먼지 나쁜먼지 매우 나쁜 먼지

8년 전 봄날처럼 자동차들은 먼지를 일으켜 세우며 달리고
헌혈차 앞의 줄 서지 않는 먼지들이 둥둥 떠다니고

그 봄에 언니가 날 버렸다는 말은 정말 오해야!
우린 이렇게 날마다 기억 교실에서 만나
세상에서 제일 어려운 수수께끼를 풀고 있지

아, 기억난다!
보미 언니가 백설공주보다 더 예쁘다는 거

꼬미야, 언니가 날 부르면 자꾸 기억이 열리잖아
언니가 세상에서 날 꺼내줬다는 것
얼룩이랑 나랑 이 기억교실로 불러줬다는 것

태극기야, 태극기야

아빠, 저절로 막 휘날리고 싶어
광장의 미제처럼 반짝반짝 빛나고 싶어
이리저리 몰려다니는 당일대출 폐지 따라 팔랑이고 싶어

딸아, 그럴려고 시를 썼니?

화단엔 모가지 떨어진 나팔꽃
신문엔 숨죽인 칼부림 쇼

그래도, 그건 아니잖아
성호*의 안산인데
용신**이 상록수는
기억교실은, 잃어버린 가방은, 또 돌아온 나비는

팝콘같이 별이 뻥뻥 튀겨지잖아, 대낮에
남은 내일이 깡통처럼 굴러다니잖아

나비는 너무 심심해
내가 국어사전도 아니고 호 불면 없는 먼지래

아빠를 찾다 돌아왔어 광화문에 아빠는 없고 있고 아빠
는 너무 흔해 아빠는 성자 아빠는 천사 아빠는 변태 아빠는
도둑 아빠는 살인자 아빠는 백 달러 아빠는 주유소 아빠는
쇠주먹 아빠는 거짓말쟁이 비아그라 바나나잖아!

>
딸아, 어디 아프니?

아빠, 나 이기고 싶어
펜스 너머 시뻘건 핏물 삐져나온 개 다리같이
폴리스라인 질척질척 밟는 토사물같이

푹 썩을 때까지 장롱에 처박혀 있는 거
난 못해!
아니, 안 해!

보통 한 세 권?
시인 흉내내고 싶구나,

내 이름 먹칠하고 싶어
죽이고 싶어
설레며 파도를 넘던 노란 기억들
가슴을 꺼내 외치던 만세를
번개에 맞서 펄럭이던 그때에
그렇게 몇 초라도
한번만, 아빠, 펄럭이고 싶었다고……

그런데
지금 부끄러워 죽을 지경이야!
수녀도 뭣도 아니랬어, 애인이

삼류 노래방이나 모텔이 잘 어울린댔어

삼류면 어때! 양담배 깡소주 휘청휘청 길바닥에 오줌 거품 금팔찌 출렁출렁 두 팔 높이 쳐들어 펄럭펄럭 대한민국! 짝짝짝! 대애에-하아안-미인국! 뭘 원해? 뭘 구해? 몰라 몰라 나만영광! 나만영광! 광화문 돌덩이 같이

쩍 갈라진 무대 한 가운데 살찐 불나방같이 미친년 나타났단 소리 듣고 싶어 울고 싶어 아주 설치고 싶어 진짜 보통처럼 보통도 못 되는 벙어리 머저리

보-통 보오통 사람 보통의 보통을 위한 보통이고 싶어 뭔 기억이 영영 보통인 데서

딸아, 제발 그러지 마!

영원히,

* 조선시대 안산의 학자 성호 이익
** 최용신, 안산의 여성 독립운동가

안산천에서 하는 일

이른 아침
눈 뜨면 내가 가장 먼저 하는 일은
물의 안색을 살피는 일이지

물빛을 바라보는 물과의 대화
밤새 편안했나요?
달빛이 차갑지는 않았나요?

물 위에
손가락으로 안녕, 이라 쓰고

물속에 발 담그고
발가락으로 꼬물꼬물 은모래를 꼼지락대며
물의 천년 왕국을 미리 들키는 일
탕탕, 좋은 아침을 미리 구하는 일

눈송이처럼 가볍게 물에 표정을 담그는 일
물속으로 들어가 물의 리듬을 타는 일

오늘도 햇살 받은 돌멩이들이
모두 자신의 이야기를 쓰기에 정신이 없지만
여전히 나는 7할의 물로 살아있음을

감사,

흰목물떼새야,
새들의 모닝 인사를 받으며
아침 햇살이 쏟아질 때

영원을 향해 흘러가는
안산천의 물길을 바라볼 때

너를 인정해,
네 안의 물 물숨 물방울 물기둥을,
어젯밤 고니의 말을 기억하며

먼 데 황금산을 바라보다가
출렁출렁, 나를 부르는 물에
영원히 물을 닮음을 안심하며

고마워,
고마워,
한없이 경건해지며 날개를 펼치는 일
전체로 물의 묵시를 살아내는 일

\>

단지 물
홀로 낮고 외롭고 고고한

물답게 살아내는 일
물을 지켜내는 일

한방생리대

지구는 달거리 할 때마다 한방생리대를 사용하기로 했어요

쑥 당귀 백지 천궁 같은 귀한 한약재로 만든 냄새 없고 마음까지 편안하다는 한방생리대

그런데 지구는 한방생리대를 차고 전보다 더 심한 악취와 불편을 견딜 수가 없었어요 천연 목화 줄기나 씨앗 입자로 부작용이 생길 수 있다고 스스로를 위로해도 소용없기는 마찬가지였어요

지구는 한방생리대를 변기에 넣고 물을 내려버렸어요 그러곤 여성가족부로 전화를 걸었어요 여성가족부는 가정폭력 성폭력은 오랫동안 일어나는 일이어서 변기에 몰래 버릴 수 있는 게 아니라고 지구를 나무랐지요

사실 지구의 아파트는 매우 좁고 불편해서 자칫 건드리기만 해도 폭력으로 이어질 수밖에 없는 구조였어요

옛날에 지구가 만져보고 느껴보았던 한약재들 쑥 당귀 백지 천궁 가랑이에 갖다대기만 하면 온몸이 천연으로 변해버릴 것 같았던 한방생리대의 유혹은 멈추지 않고 지구 주위를 빙빙 돌기만 했어요

>

애초에 한약재를 버무려 만든 것에 흥미를 보이는 게 아니었어요 드나들기조차 비좁아진 지구의 가정에 추억이나 그리움도 만들지 못하는 상품이니까요

나비가 날아다니는 들판으로 집을 옮겨야겠어, 지구는 그곳에서 천연생리대를 차고 평화의 콧노래를 부르기로 했어요

구덩이

구덩이를 팠어
그 작은 몸을 들키려고 꾸덕꾸덕한 구덩이에
숨을 권리를 빼앗기려고 세상의 껍데기 아래에 구덩이
를 팠지
아마존의 마지막 원주민, 구덩이의 남자가 죽은 밤에

홀로 구덩이를 파는 시간을 내려다보다
성급해져서 그의 구덩이를 빼앗기로 해
그가 남긴 첫 눈빛, 첫 선물이 나를 고통스럽게 해서

스물 하나, 스물 둘 그 푸른 시절의 구덩이들
수십 개의 구덩이를 가졌으니 나도
스스로를 구덩이의 여자라고 불러볼까?

아무도 모르게 나의 구덩이에 들어가 보기로 해
숲의 습기를 먹은 자궁 냄새가 올라오는
이 구덩이의 공화국에서 나는 여왕 같아

하지만 기쁨보다 바닥을 찬 슬픔이 차올라서
지금까지 견뎌온 모든 바닥을 또 떠올려보지만
가장 아름다운 바닥조차 흔적도 없이 사라진 까닭을 뉘
우치며

다시 구덩이 속으로 난 길을 따라
소라 껍데기 같은 나선형의 길을
한참을 걸어내려갔을 때

그 바닥의 구덩이로 미끄러져들어오는
아마존의 나무와 동물, 꽃들의 감미로운 노래와
여왕의 볼을 끌어당겨 입 맞추는 사슴의 따뜻한 눈빛 속
에서
모두 하나같이

하나같이 우리의 구덩이에서
구덩이를 훔친 심장의 떨림과 고동조차 없이
서로에게 온 거리와 시간조차 없이
이 거대한 섬의 권리에서 나무 이파리에 쓴 공룡의 편지
를 읽어보면

한 치의 빈틈도 없이 모두 나무의 평범함과
그 나무 아래 옷 없이 이름 없이 뜬 눈이 온통 빛인 채로
다만 하나의 윤곽으로

그저 꾸덕꾸덕한 구덩이로 떠오르는
이곳에서 우리의 것이라곤

오직 우리가 살아서 구덩이에 남아 있을 뿐이라는

그 침묵들 사이에서
아담과 이브 이전의 제 발로 진흙으로 걸어 들어가
맨손으로 꾹꾹 눌러 빚은 몸이 마르기 전에 눈부신
무엇으로 흙냄새로 언뜻언뜻 기울어지며 즐기며

내성천의 무한으로

1.
귀 있는 수달이 들었지, 물밑에 어룽대는
달의 묵시를

한 백 년도 남지 않았을 거야, 분명히,

바위에 플라스틱 똥을 눈 수달의
끊어진 내성천 물길을 끼어들어 펑펑 어르는
쇳물처럼 불안이 흘러왔지

어쩌자고 돌리려 들까,
죽은 흰수마자 수염이 꼭 쥐고 있는 회룡포 여울을
자른 후 땜질을 하는 강철의 용접공처럼
듣는 귀 있는 사람들이

지도를 펼치고
불꽃이 튀는 목소리로
망하기 위해 내성천의 무한을 녹조 낀 유한으로
덮어버리려는 듯이
시원한 생수를 한 통씩 나누어 마시며

별 하나, 별 둘,

밤하늘의 우리를 헤아리는 심심함 대신

도시에 근사한 주차장을 세우고
발밑에 파이프관을 파묻었지 생활하수가
불어나 강이 오염될 때까지 보란 듯이
사람이 물을 이기는 전략으로

맑은 물을 고집하며
벌컥벌컥 들이키다 잠깐, 물의 상표에
귀를 대고 백두산, 소백산, 한라산…… 이쯤
더, 더, 더 물답게
나의 물

그래, 내성천은 맑은 물의 표상이야,
생명의 근원이지,
흐르는 물은 스스로 정화되는 법이야,

꼼꼼히 씹어 마시느라
물길을 돌다 고향을 잘못 빠져나온 은어의 꿈은
던져버렸지, 아무렇지도 않게
흰 마스크를 고쳐 쓰면서

\>
벌써 백년 전의 일이었지

2.
그후에 물의 전쟁
총과 대포로 싸웠던 끔찍한 전쟁
백년의 물 전쟁

물, 물 오직 맑은 물
오랜 전쟁이 끝난 후에 남은 것은 미사일처럼
솟은 워터프로펠러들
구름처럼 떠 있는 고고도생수공장

저 아래엔
깨진 백자 더미 같은 내성천
산산조각 부서진 사기 더미를 헤집고 가슴의 빛을 꺼내
뭉텅뭉텅 붙여보면 실패하는 퀴퀴한 냄새
발등에 떨어지는 붉은 핏물

끈적끈적한 붉음에
떠오르는 허상
선명해지는 시간의 속도
달이 파리하게 누워있는데

\>
이제 먼지의 길을 연습해야지
죽은 별의 길을 가야지

별 헤는 사람 없이
자그마치 오백 년을 굴러다니는 검은 비닐봉지처럼
떠돌아야지 속이 뒤집힌 표정으로
사람을 이겨야지
내성천을 아껴줘,
제발, 딱정벌레의 다양성을 지켜줘,
가난했던 수달의 고백과
꼬치동자개의 자갈색 무늬를 천천히
돌아보면서

3.
가장 나중 된 물에서
먼저 된 물로 돌아가려면 얼마의 귀가 필요한가

흰목물떼새 날개로 덮듯이
내성천의 슬픔을 다 듣는 귀를 가지려면
이 예측할 수 없는 위험 속에서
백년 전의 친구에게 쓰는 편지

>

─ 수달에게

　지금 내성천은
　문명의 찬란한 열매
　제일 아름다운 플라스틱 무덤
　물의 영광스러움 끝에 남은 참담함
　윤리가 없는 주체들의 비천한 신전

　그럼에도 불구하고
　황무지에서 물을 새롭게 듣는 곳
　작은 돌멩이에서 물의 거룩함을 보는 곳
　긴 별의 순례 끝에 우리가 다다른 마지막 피난처
　우리는 공존을 선택하고 너에게로 달려가지
　물의 시작점, 출발점으로

─ 추신: 별빛으로 가고 있어, 백년 전의 네에게로
　　　　육분의를 돌리듯이

엄마와 함께

안산의 단원구에 있는 4. 16 기억교실
그곳을 방문했을 때
나를 반기는 자원봉사자는
내 또래 누군가의 엄마 같은데

몹시 지쳐 보이는 얼굴
그러나 희망을 붙잡고 있는 마음이
한눈에 딱 보아도
세월호 유가족 같은데

우리는 함께 2학년 1반으로 올라가서
교실 안을 둘러보면서
책상 위에 놓인 선물들을 만져보고, 읽어보고
손수 만든 인형과, 뜨개질한 옷, 방석 그리고 편지까지

그리고 교실 뒤에 있는 게시판을 보니
눈에 보이지 않는 우리 아이들의
눈에 보이는 장래 희망들
간호사, 선생님, 작가, 사회복지사 같은 이름들 속에서
빛나고 있는 아이들의 눈을 바라보다가

차마 당신의 아이는 몇 반의 누구예요?

묻지도 못하고, 짐작도 못하는데
우리 애는 사반이에요,
도중에 엄마라고 말해주는 엄마에게
이름만 남은 엄마에게
정말 힘들었겠다, 위로도 못하는데
죄스럽고, 미안하고, 또 울컥하고

교실 뒷문으로 빠져나와
아, 뒤를 돌아보니
다른 방문자를 환대하는 저 엄마
눈에 보이지 않는 자식들을
눈에 보이는 사람으로 이으려는 모성의 간절함을
기억하기로

수수꽃다리

오월이 만졌다

너 없는 피투성이
꽃대의 중심에서
괜히 하늘에다 눈 맞추고
사랑 한다, 사랑 안 한다 그런 생각을 하는 동안

망초의 뼈는 쇳덩이에 짓밟히고 벼락같이 쳐들어 온 라일
락의 폭동에 정향나무가 끝내 뿌리째 뽑혀나가던 날에

결국 내 몸이 불꽃을 일으키고
짙은 어둠을 통과하는 동안 함께 똑똑 떨어지던 젊은 친
구들의 얼굴과 얼굴 위의 얼굴이

수수 꽃같이
환하게 믿는 목숨이 오직 하나 뿐인데도

그 하나조차
수없이 꺾인 넓은 어깨 곁에 어깨들

잊을까봐 어깨동무를 하고 서로를 만졌던

>
고맙게도 오늘 다시 보는 보랏빛 얼굴들
형아야,

오랫동안 오월로 오고 있는 늙은 형을 불러보면

평화를 빌어,

　제일 가난한 목장갑을 끼고 오는 우리 형의 말, 광주가 살
아 있는 동안

좁은 산속 길

나무 도둑이야,

천년 전의 그날처럼
사람이 와
사람이 와

아주 가까이 와
굽은 내 등에 꿈꿀
새둥지를 흔들었나?

흔들지 마라,
이 험한 산속
팽나무들의 여름에 번호표를 달고 남은 가을을 접어 올
리고야
빼물려지는 미제 담배 한 개피 씩

구름이 산등성을 덮는데도
샘물의 수피춤 둘레가 미끄러진다

비단벌레야,
사람의 손에 회전하는 나는
차라리 세상의 온실에 가득 차 있나 보다

>
나무줄기에 다람쥐의 골목과
비단벌레의 초록빛 모스크를 두고
공중에 발을 담그면
산에서 죽고 싶다는 생각이 살고 싶다는 생각보다
더 높이 첨탑으로 솟는다

우우,
떡갈나무가 우는데
엄마인가? 하고
사람 둘이 풀쐐기 쪽으로 자빠트려지고
어딜 가서도 죽지는 않을 거야,
그럴 리가 없어,

비단벌레를 떠나
온몸으로 산그늘을 재러
가파른 산비탈을

누워서 출렁출렁
산 아래로 아래로
좁은 산길을 따라 내려가야지
도시의 정원에 틀 새의 둥지를 위해

엄마, 사랑해요

엄마가 준 돈 고작 이만 원
호주머니에 손 넣어 그 돈
만지작, 만지작

출렁이는 배 지하엔 매점이 있고
친구들은 소풍날답게 모여앉아
과자를 먹거나 음료수를 마시면서 수다를 떨고
어떤 친구들은 갑판에 나가 바람을 쐬기도 한다

아끼지 말고 다 써, 냄기지 말고, 꼭!

엄마는 요즘 과자 값도 잘 모르는 엄마는
제주도 소풍가는 아들한테
그게 뭐 한 이십만 원이라도 된다는 듯이
고작 이만 원
십만 원만 줘도 새 휴대폰 바꾸려고 했는데
달랑 이만 원……

이 돈이면 정말 콜라 한 병, 과자 몇 봉지, 핫바 하나만 사도
별 남지도 않는다
그런데 가만히 보니 내 친구도 삼만 원 밖에 없다

\>

배 안에서 하루를 보내면서 지폐 두 장
꼭 쥐고 있었던 건
내가 이렇게 먹고 싶은 게 많은데 엄마는……
이만 원이면 엄마도 모임 회비내고
밥 먹으러 갈 수 있을 텐데
이만 원이면 엄마도 스타프라자에서
만지작, 만지작 브래지어 새 것 장만할 텐데
그 생각에 버렸다

제주도 가면 노란 감귤색 엄마 머리끈과
인조 금팔찌도 하나 사야지
또 가능하면 우리 냥이 간식도 하나 사야지

그 꿈으로 파도를 밀고 나가는 배 안에서
엄마에게 쓰는 이 편지
아직도 엄마에게 너무 하고 싶은 말
엄마, 나 정말 엄마 사랑해!

부성父性의 혁명과
문화적 글로벌리즘의 시학詩學

유종인 시인

부성父性의 혁명과
문화적 글로벌리즘의 시학詩學

유종인 시인

1. 아빠의 부재不在와 탄생의 노래

여성女性이 지닌 모성母性의 웅숭깊음과 그 창조적 산출의 다양성이 21세기世紀의 지구촌 문화를 새롭게 탈바꿈하고 있다고 해도 과언이 아니다. 시대는 격변하고 있고 그 변화의 폭과 속도는 급변하고 있다. 그 속에 기존의 여성에 대한 문화적 이해와 관념은 새롭게 혁신적으로 재검토되고 있고 새뜻하게 갱신更新되고 있다. 여기에는 지역과 문화의 차이에 의한 반발과 문화적 관습에 의한 지연遲延이 있고 더불어 이런 변화의 물결wave을 시대의 긍정적인 트랜드이자 문화 발전의 커다란 흐름으로 수용하는 인식도 보태지고 있다.

이는 결코 성적性的 이데올로기의 일시적 발흥이나 성적 대척관계의 양상을 의미하는 것이 아니라 시대의 조류이며 세계문화의 패러다임paradigm이 상당한 영역에서 전환적인 사고를 요구하는 시대에 직면했을 보여주는 징후이기도 하다. 이런 시대적 분위기 속에 제3세계권의 나라에 상당기간 체류한 김은정 시인의 시편은 또 다른 의미에서 기울어진 남성성男性性의 의미와 그 전환기적인 갱신의 너름새를 활달하게 섭외하는 기운이 완연하다.

시인에게 있어 기존의 가부장적 권위주의의 남성성과 그 아류적亞流的 성격의 남성성은 오히려 현대에 있어서 아빠의 부재不在나 결핍을 드러내는 상황으로 도드라질 따름인 듯하다. 그러기에 줏대는 있으되 후덕하고 결기가 있고 협량하지 않으며 소시민적인 근성을 부끄럽게 여기지 않으나 세계시민으로서의 자긍自矜에도 부합하는 등등의 남성상男性像을 어렴풋하게나마 아니 확신에 찬 목마름으로 투영하고 있는 거나 아닌가. 아이러니하게도 이런 기운찬 웅혼한 남성성의 발견discovery은 총명하고 눈썰미 있는 여성의 시각, 세계 시민사회가 처한 새로운 부성父性에 대한 종요로움을 간파한 시인의 신선한 여성성女性性에 기인하는 것이지 싶다. 언젠가부터 상실되고 결핍이 심화된 참다운 남성성으로서의 부권父權의 실상을 여성적 관점에서 끌밋하게 성찰해온 것이 김은정의 내력이자 시적 내공內攻으로 여겨진다.

> 팝콘같이 별이 뺑뺑 튀겨지잖아, 대낮에
> 남은 내일이 깡통처럼 굴러다니잖아
>
> 나비는 너무 심심해
> 내가 국어사전도 아니고 호 불면 없는 먼지래
>
> 아빠를 찾다 돌아왔어 광화문에 아빠는 없고 있고 아빠는

너무 흔해 아빠는 성자 아빠는 천사 아빠는 변태 아빠는 도둑 아빠는 살인자 아빠는 백 달러 아빠는 주유소 아빠는 쇠주먹 아빠는 거짓말쟁이 비아그라 바나나잖아!

딸아, 어디 아프니?
아빠, 나 이기고 싶어
펜스 너머 시뻘건 핏물 삐져나온 개 다리같이
폴리스라인 질척질척 밟는 토사물같이

푹 썩을 때까지 장롱에 처박혀 있는 거
난 못해!
아니, 안 해!

보통 한 세 권?
시인 흉내 내고 싶구나,
—「태극기야, 태극기야」 부분

김은정의 시편 전체를 관통하듯 호명呼名되는 '아빠'는 몬존해졌던 가장家長의 본래적 권위와 권능을 희구하고 회복하는 사랑의 화신化身, incarnation이다. 이는 단순히 남성과 여성을 대척적으로 보지 않는 조화로운 관점에서의 남성성男性性의 회복이고 이는 가정적 혹은 전지구적 혹은 우주적 관점에서의 역할의 회복과 기대치와 관련된다.

'아빠는 천사'이거나 '아빠는 변태'처럼 다양한 형태의 아빠와 그 이미지들이 상종하는 현실 속에서 시인은 아빠의 초월적 권능을 천상으로부터 지상에 내리는 모색의 샤먼처럼 절절해진다. 즉 상실되거나 결핍됐던 지구촌 사회의 딜레마Dilemma를 받자하고 감당하는 주체적 기능과 그 복권을 기원한다. 권위주의나 파시즘적인 일방적 권력의 그늘을 걷어내고 시인이 간절히 부르는 아빠는 그 아빠의 부재不在를 통해서 아이러니하게 더 확충되고 더 그 의미가 강화되고 그 실존적 종요로움이 심화되기에 이른다.

아빠를 찾아 야생의 잠베지 강에 왔는데 여전히 아빠는 없었어요

없어서 혼자 터벅터벅 걷다가 파란 물웅덩이에 빠지고 진흙을 뒹굴다 악어한테 쫓기고 뱀을 만나 숨마저 빼앗기고

그렇지만 내 길은 언제나 아빠에게 물가로 이어진다는 빅토리아 폭포 소리가 또 들려왔어요

그 재주로 붉은 아까시나무 꼬투리열매를 따 먹고 다시 수천 년을 걸었나요?

신출내기 치타와 하이에나 고슴도치가 불쑥불쑥 튀어나와 춤추는 그 길에서 도무지 믿을 수 없는 새의 무덤 앞에서 울기도 했나요? 사자의 포효에 두려워 떨기도 했나요?

협곡의 물안개 사이로 아빠의 증거 같은 무지개가 떠올라요 그 끝에 피어난 흰 꽃을 찾아 다시 룬데강으로 걸어요

걷고 또 걷지만. 거기에도 아빠가 없다는 것 아빠 자궁
속을 먼지처럼 둥둥 떠다니고 있다는 것과 바람 불 때마다
마주치고 있잖아요

아빠의 딸로 태어나 아빠의 품에 안길 때까지 이 여정이
끝나지 않는다는 것도 그리고 나를 앞질러 가는 아빠의 시
간에 대해서도

믿음뿐인 이 여정에서
―「짐바브웨 코끼리의 아빠 찾기」 전문

독특하게도 야생동물의 어린 코끼리는 엄마 찾기가 아니
라 아빠 찾기다. 모성의 자애로움과 지극함을 넘어 아빠 찾
기는 서사적인 로드맵을 이루는 시적 장관을 이루기도 한
다. 그 아빠 찾기는 지난하여 '진흙을 뒹굴다 악어한테 쫓기
고 뱀을 만나 숨마저 빼앗기'는 간난고초를 감수해야 하는
것임에도 쉬 중단될 수 없는 절체절명의 숙명의 아우라aura
를 지닌다. 이는 야생동물과 화자인 시인의 아빠 찾기와
중첩되고 서로 갈마들면서 모든 숨탄것들에게 거부될 수
없는 실존적 요구로 자리잡아가는 형국이다. 그런 '아빠의
시간'은 '협곡의 물안개 사이로 아빠의 증거 같은 무지개'
로 다양한 변주와 실존적 색채와 동시에 요원한 이상성理想
性으로 드리워진다.
　일찍이 만해 한용운 선생의 '님'이 단순하게는 연인의 탈
이라는 호칭을 썼지만 그 심오한 첩첩疊疊의 구원자로서의
다향성多響性의 호칭과 기능을 겸兼하였다. 이처럼 '님'이라

는 호칭처럼 김은정 시인의 '아빠'는 세상 딜레마들에 대한 전향적인 해결사적 가능성 모두를 거느리는 현대에 있어서의 복합성complex의 호칭과 같은 것이다. 의인화擬人化된 국가의 뉘앙스를 만해가 '님'이라고 부르고 그 참다운 국체國體의 면모를 염원하여 불렀듯이 시인이 희구希求하는 아빠는 언제든 생환하는 미륵불彌勒佛이자 나사렛 예수이며 선지자 무함마드와도 같은 현실에 도래해야 마땅할 실존적 가치인 것이다.

이렇듯 김은정에게 '아빠'는 마땅히 당도하여 현존해야 할 지성과 영성을 두루 갖춘 현실적 치유자이자 해결사의 뉘앙스를 갖춘 신성神性에 버금간다.

우리는 사랑한다고 말하지 않습니다
서로 다른 곳에서도 하나로 이어질 뿐입니다

아빠는 날 위해 가끔
대한민국 땅이었다가 파키스탄 땅이었다가
인더스강이었다가 한강이었다가
모스크였다가 성당이었다가

쌀밥이었다가 난이었다가
히잡이었다가 모자였다가
식혜였다가 짜이였다가

맑은 날이었다가 몬순기였다가
라마단이었다가 별축제였다가

8. 14일이었다가 8. 15일이었다가

알라였다가 하느님이었다가
단군이었다가 부처였다가
코란이었다가 성경이었다가

나는 아빠를 위해 가끔
구걸 소녀였다가 이방인이었다가
바이러스였다가 낙타였다가

반얀나무였다가 팽나무였다가
그리고 가끔 나는
아빠의 심부름꾼이었다가 탕자였다가
또 아빠였다가
　　—「우리는 가끔」 전문

　좀 더 다른 차원에서 글로벌리즘을 논할 때, 우리가 경제
나 문화적 유통과 거래만을 한정하지 않고 세계 인구를 거
의 반분하는 남성과 여성 더 나아가 모성과 더불어 남성의
역할과 실존적 차원을 들여다볼 필요가 있다. 김은정의 시
편은 그런 남녀 불평등의 투쟁적 차원이 아니라 오히려 부
족하거나 결핍된 양성兩性 모두의 실존적 역할과 역량을 북
돋우는 부성적父性的 영성靈性에 그 권능에 대해 간절하고
절실히 노래하고 있다.
　김은정의 시인된 품성은 위축되거나 기능적으로 분배된
남성성에 대한 옹호를 넘어 진정한 의미의 부성父性의 웅숭

깊은 부활과 그 현실적이고 실존적 전개를 염원하는 문화적 글로벌리즘의 시적 개척자라 할만하다. 그러기에 그녀의 이런 시적 글로벌리즘globalism은 역설적이게도 부성을 우주적인 차원의 선량과 선처善處를 도모하고 발흥하는 모성母性의 그윽함을 보여준다. 서로 모성과 부성이 기존의 사회적 대치와 이념적 갈등의 국면을 뛰어넘어 서로 융통融通하는 새로운 차원의 인간적 통섭統攝의 큰 줄기를 잡아채고 있다.

히잡을 벗어요
학교 갈 때 머리에 칭칭 휘감았던 히잡

책상 위의 히잡은 만개한 나팔꽃처럼 천정을 뚫고
지붕을 오르더니 월계관처럼 우리집을 덮네요
꽃 무덤처럼 안방은 고요하고

히잡 벗은 나는
히잡 쓸 수 없는 빛 한줄기
아이들의 흥겨운 골목을 그냥 달려나가지요
서로 웃고, 장난치고, 좋아하며

햇빛을 타는 순결한 내 머리칼은
마중 나온 첫사랑, 하늘 닮은 보리수나무

자전거 타는 아이들
내게 빛을 몰아주기 위해 따뜻한 스위치 같은

페달을 힘껏 밟고 있네요, 페사와리 차팔을 신고서

내가 걸어가네요, 히잡을 벗은 하늘을 데리고
물기 많은 수천 년의 빛 속으로
—「히잡의 시간」 전문

    코스모폴리턴연한 시인의 시선은 기존의 국수적 문화의
옹호와 그 특수성의 이해를 뛰어넘어 근원적인 전지구적
연대와 그 인간성의 현대적 도모라는 휴머니즘에 마음바탕
을 두고 있는 듯하다. '히잡'이 상징하는 바의 자유로운 인
간 품성에의 억압은 '학교 갈 때 머리에 칭칭 휘감았던' 그
단속적 규율이나 획일성의 강요로 드러난다. 그런데 흥미
로운 지점은 바로 그런 인간의 사회적 각성과 심화된 정서
와 지성을 닦으려는 '학교 갈 때'에도 어김없이 강요된 히
잡의 복색은 문화적 전통의 메카니즘으로 작용하고 있다
는 점이다. 문화라는 아우라는 그 안에 사회 공동체의 구
성원 각자의 자율과 자유가 확보되지 않으면 그것은 하나
의 억압의 기율과 문화적 독재에 다름 아닐 수 있다. 우리가
한복을 전통의 복색으로 인정하고 전승 발전시키지만 그것
을 대중의 복색으로 일상적으로 강요할 수 없는 지점과 맞
닿아 있듯이 말이다. 문화는 그 안에 자유의 에너지나 흐름
이 보편화되지 않으면 그 문화는 파시즘fascism의 형태로
규율을 우선시하고 전체주의적 도그마dogma의 논리를 선
언적으로 그 시민들의 의식과 행동에 강매하기에 이른다.
이것은 하나의 불순하고 불온한 문화적 파시즘의 과정이
며 집단의 문화적 지배이데올로기의 삿된 과정이지 싶다.

여기에 개인의 창의와 개성, 순수한 정서적 자유는 아주 허약하고 불순한 적대적 논리로 논박되기에 충분하다. 한 사회가 가진 개성적 분열과 다양성, 논리적 반대파의 파생派生, derivative의 자연스러움 같은 현상을 불온시하는 권위주의가 공고해진다. 이런 권위주의 문화의 사회에서는 감시와 사찰이 공공연히 사회 정의나 문화적 우월성의 하수인 노릇처럼 만연하고 거기에 대한 응징으로서의 다양한 형태의 사회 폭력은 당연시되기에 이른다. 그러기에 세상에 모든 고유한 문화가 다 올바른 문화는 아니다. 올바른 문화라는 착각에 매몰된 문화적 시각도 안타깝지만 현실적으로 존재한다.

2. 코즈모폴리턴과 부성父性의 연대

시인이 파키스탄이라는 이슬람 문화권 속에서 목도目睹하는 여러 문화적 불합리함과 시대와의 부조화不調和, 그리고 인간의 본원적 개성이나 자유에 합치되지 않는 것들은 비단 어제오늘의 문제만은 아니다. 시인이 느낀 부조리성不條理性이 해당 국가와 국민, 그리고 종교지도자들이 모두 공감하는 것만도 아니다. 자신이 처해있는 종교적 문화적 이해와 입장에 따라 상황에 대한 문화적 인식과 판단은 얼마든지 다를 수 있고 유동적이다. 다만 시인은 자신의 그런 개인적인 이해의 차원을 넘어 인간의 본원적인 성정性情에 반하는 관습과 문화의 맹점에 대해 반기를 드는 존재인지도 모른다.

비 오는 날 창밖을 바라보고 서 있었어요 빗방울이 부르
는 소리 똑똑똑 밖으로 나가봐, 네 꿈을 펼쳐야지, 나를 세
상 속으로 밀어넣는 비가 속삭였지요 내 꿈을 들켰나 봐요
언니, 빗속에서 춤추자, 내 동생 노르세자의 꿈도 투명해
져서 꿈틀거렸어요 우린 히잡을 벗어 던지고 나무와 풀잎
들이 기다리는 들판으로 달려나갔지요 젖은 머리칼을 날리
고 우리를 희롱하는 신을 물리치고 반얀나무 앞에서 잠시
멈추었어요 아름다운 옷을 만드는 디자이너가 되고 싶었거
든요 하늘에서 내려오는 옷감인 비를 재단하고 손가락으로
자르고 기웠지요 누구나 입고 싶은 단 하나의 옷들을 만들
기 시작했어요 카라치 뉴욕 서울 두바이 세상 어디에서나
열리는 패션쇼를 펼쳐 보이고 있었지요 그런데 누군가 우
리를 쭉 지켜보고 있었다는 것 감히 여자가 빗속에서 춤추
다니, 그 이유만으로 사촌오빠가 우리 꿈에 총을 겨누더군
요 탕 탕 탕 총소리에 세자가 인어처럼 긴 다리를 늘어뜨린
채······나 역시 죽어가는 내 몸을 발견하고 말하고 있어요
다만 우린 옷을 만들었을 뿐이라고 가슴의 빛을 꺼내 옷으
로 입혀주고 싶었을 뿐이라고 죽음을 두려워하지 않는 옷
으로 영원히 남을 것이라고
　　―「춤추는 소녀 2」전문

　코즈모폴리턴cosmopolitan, 이 어휘가 갖는 전세계적 혹
은 전지구적인 너름새를 지구촌 사람들이 자국의 문화적
고집이나 편견에서 탈피해야 함을 선언적으로 지켜보게 하
는 개념이며 이를 실제적 비유의 정황으로 보여주는 시편

이다. 문화적 편견과 그 해갈의 자연적 배경을 '하늘에서 내려오는 옷감인 비'로 상정하는 시인의 눈길은 독특하고 새뜻하며 참신하다. 그런 화자의 눈길이 우선 해방解放, 세계시민으로서의 인권적 자유의 물꼬를 트는 분위기로 비를 흔연하게 상기시키듯 펼쳐놓는다. 그리고 그 문화적 핍박과 압박의 시대착오적 관습을 타파하는 중심적인 매개가 바로 '히잡'으로 상징되는 옷이다. 즉 옷은 단순히 의복의 전통에 속하기도 하지만 그것이 당대의 시민과의 연대와 융통성을 상실할 때 그것은 하나의 억압의 기제機制로 작용한다. 그러니 일종의 억압의 유니폼으로 뉘앙스를 띠는 '히잡을 벗어 던지고 나무와 풀잎들이 기다리는 들판으로 달려나'가려 한다. 이러한 문화적 일탈에는 새로운 문화적 층위가 잠재돼 새롭게 기다리고 있기 때문이다. 이를 맞이하기 위한 세계시민의 코즈모폴리턴연한 글로벌리즘은 저마다 자유로이 '아름다운 옷을 만드는 디자이너'의 자유세계로 진입하기를 염원하는 의식의 일단이다. 문화의 독소와 문화의 해독은 한 사회 안에 난마처럼 얽혀있기도 하고 질서정연한 사회적 불문율로 선연하기도 하다. 또 그런 사회적 관습과 전통의 굴레 속에 새로운 문화적 기운이 맹아萌芽처럼 산재하기도 하다. 이런 시인의 기대치는 '누구나 입고 싶은 단 하나의 옷들을 만들기 시작'하는 것, 여기에는 세계시민의 궁극적이고 공통된 자유의지가 개입돼 있음은 의심할 여지가 없다. 저마다 독특한 종교와 문화와 사회체제에서도 그 사회 일원이 선량한 자기 재량의 행사에 걸림돌을 받지 않을 권리는 세계주의 사회의 기초 덕목德目이다. 이런 당위의 결과는,

아득히 울리는, 붉은 모자 쓴 남자가 연주하는 사로드

그 선율 속에서 부처님들이 도란도란 저녁을 먹네요

간다라 마을의 부처님, 탁실라 마을의 부처님, 페샤와르에
놀러온 그리스인 모두 보리수나무 아래 태어난 같은 부처님들

(중략)

모두 사로드 연주를 듣는 시간
흐늘흐늘 달빛 타는데, 양귀비꽃 같은 새로운 길이 열리고
불가능의 봉우리를 달리고

(중략)

친구가 된 부처님과 트럭아저씨와 그리스인
있는 길, 없는 길 더듬어가며 듣는 사로드의 긴 선율

낙타 등에 실려 오는 향료처럼 몸 섞이는 동서양 문화
보석처럼 빛나는 향연에 새로운 길 열리고 열리며 축복받고
　　—「사로드의 비단길」 부분

이슬람문화 속에서도 '남자가 연주하는 사로드'의 '선율 속에서 부처님들이 도란도란 저녁을 먹'는 견제되지 않는 자유로운 종교의 분위기와도 일맥상통하는 바가 있다. 그것은 관념적인 차원의 자유가 아니라 '친구가 된 부처님과 트럭아저씨와 그리스인 있는 길'처럼 현실로 환원되는 실존의 현황으로서의 '사로드의 긴 선율'과도 같은 조화로운 자율성에 근거한다. 이는 '향료처럼 섞이는 동서양 문화'의 조화harmony처럼 강제되지 않는 혼돈의 질서와도 같은 것이다.

> 생각해보면 타국의 삶은 나무 사이를
> 걷는 일이었네
>
> 토론토 베이뷰의 단풍나무와
> 신드주 카라치의 보리수나무와
> 팔레스타인 라말라의 올리브나무 사이를
> 잃어버린 길 없이
> 초조한 길 없이
> 걷다가 걷는 일이었네
>
> (중략)
>
> 참 고요했네
> 영혼이 잘되는 길이었네
> ―「보리수나무 사이로 걷다가」부분

시인에게 있어 선량한 세계시민이 되는 마음의 덕목 같은 게 있다면 그것은 이 시편에서 보여주는 세계의 나무들 사이를 걸으며 중간중간 아주 간명하게 언술하는 마음의 느낌을 갖고 여는 것이 아닐까. 즉 '나무 사이를 걷는 일'의 지속 속에 '참 단순했네'라는 말의 단순성單純性과 '참 쉬웠네'라는 말의 용이성容易性과 '참 고요했네'라는 말의 정숙성靜肅性이 갖는 편견과 가식이 없는 열린 마음의 그 지극한 소박함에 연동連動돼 있지 싶다. 이것은 언어와 종교와 관습이 다른 나라의 문화를 가로세로 횡단하듯 살아온 시인이 코스모폴리턴연한 세계시민으로 가지게 된 소슬한 마음의 자세로 맞춤하지 않나 싶다. 그것은 천상의 부성父性과 지상의 부성父性이 교감하듯 갈마드는 지점에 있어 성적性的 차이를 넘어서는 인류의 남녀노소 모두가 연대학 되는 정서적 바이블bible의 뉘앙스만 같다.

인더스강이 녹조로 뒤덮이고 하늘길이 지워질 때까지
기다리고 기다렸더니

높이 떠서 차가워진 구름처럼 히말라야 산맥을 넘지 못하고
기다리고 기다렸더니

나의 눈에 아빠의 눈물을 채워주고 내 입술에 아빠의 향기가
흐르고 내 두 손에는 아빠를 닮은 섬김이 나의 삶에 아빠의

흔적이 남게 기다리고 기다렸더니

영원히 함께 하리라는 약속을 기다리고 기다렸더니
조롱하는 이국의 사람들과 맹렬한 꽃의 유혹 속에서도
아빠의 순결한 딸이 되도록 기다리고 기다렸더니

아, 기다리고 기다렸더니
아무리 기다려도 둘이 되려고 하지 않는 아빠는
나 혼자 이 시간을 가도록
마지막 한 걸음은 혼자 걷도록 기다리는 아빠는
—「기다림에 대하여」 부분

　그럼에도 시인이 발흥하는 코즈모폴리턴한 열린 마음의
자세에도 불구하고 문화적 딜레마는 쉽게 해소되지 않고
지연되며 오히려 반대급부적인 오해와 반목의 사회적 저항
은 여전할 수 있다. 그런 열악한 상황 속에서 시인의 의지
와 지향指向의 한 여줄가리는 어쩌면 기다림인지도 모른다.
이 기다림은 얼핏 수동적인 자세인 것처럼 보이나 기실 반
복되고 갱신되는 지향을 통해서 시인에게 소명처럼 와닿는
노래의 숙명을 낳는다. 비록 시인이 그토록 열망하는 기독
교적인 성부聖父와의 합일과 그 영성靈性의 충만함이 지상
에 온전히 현현顯現하지 않더라도 '기다리고 기다렸더니' 그
결과 패퇴하는 종국終局에 닿는다는 비관만은 아니다. 화자
가 지닌 기독교적인 천부의 부성父性은 현실적인 우리네 인
간의 부성을 통해서도 얼마든지 체현될 수 있고 모든 인간
의 삶 속에 부족한 충만함으로 채워질 여지를 갖는다. 그러

기에 시인의 기다림은 그 자체로 결핍을 통해 채워가는 노래의 원천인지도 모른다.

3. 고통의 과거와 각성의 현재를 위한 미래의 기억제記憶祭

시인 김은정의 시어는 앞서 얘기한 코스모폴리턴연한 세계시민주의世界市民主義적인 시각의 너름새와 그것을 시의 관념이 아니라 삶과 종교의 영성divinity으로 생활화하고 현실로 대입시키려는 열정이 뿜어내는 언어적 파열음 그 자체일 때가 자자하다. 삶의 도처到處, 세상의 이곳 저곳이 당면한 문제들을 단순히 파키스탄이라는 좀 생소한 시공간의 경험을 품고 넘어 근원적인 문제로 대응하는 확장력이 김은정에게는 마그마처럼 생동하고 있다.

세계의 지역적 국가의 문제와 한계, 국내의 크고 작은 사건 사고가 던져준 오래된 딜레마와 화두話頭 그리고 성적 차별을 넘어서 한 사람의 시인으로 오롯하게 성장해나가려는 김은정의 본질적인 문제의식은 구김살 없는 생명의 천명闡明과 그것의 구체적인 현장성, 그리고 그 미감aesthetic sense을 끌밋하게 받아안는 일의 종요로움인지도 모른다.

물 위에
손가락으로 안녕,이라 쓰고

물속에 발 담그고

발가락으로 꼬물꼬물 은모래를 꼼지락대며
물의 천년 왕국을 미리 들키는 일
탕탕, 좋은 아침을 미리 구하는 일

눈송이처럼 가볍게 물에 표정을 담그는 일
물속으로 들어가 물의 리듬을 타는 일

오늘도 햇살 받은 돌멩이들이
모두 자신의 이야기를 쓰기에 정신이 없지만
여전히 나는 7할의 물로 살아있음을
감사,

(중략)

전체로 물의 묵시를 살아내는 일

단지 물
홀로 낮고 외롭고 고고한

물답게 살아내는 일
물을 지켜내는 일
　　　　—「안산천에서 하는 일」부분

　시인이 '안산천安山川'에서 '물빛을 바라보며 물과의 대화'
를 나누는 일은 우선 생태에 대한 환경주의자적 관점이 우
선이지만 그보다 더 근원적인 것은 '한없이 경건해지며 날

개를 펼치는 일'로서의 물이 지닌 늠늠한 생명성에 관한 종교적이고 신화적인 깊이에 대한 성찰이 우선하는 듯하다. 그런 면에서 김은정의 시적 눈썰미는 현실적이면서도 근원적인 성찰에 충실하며 그 감각적인 인상력印象力이 특출하다.

　세계의 생명수로서의 물이 지닌 '물의 묵시를 살아내는 일'의 종요로움을 간과看過하지 않는데 있는지도 모른다. 그것은 파키스탄을 관류貫流하는 인더스강에의 기억과 체험을 통해서도 앞서 여실하게 드러난 바이다. 생명의 본원적인 젖줄로서의 강과 하천의 물은 그 자체로 여성성女性性이 더 자자한 대목이지만 그것의 세상에 대한 실천적 덕목으로서의 과감함이나 적극성은 한끝 남성성Masculinity의 측면도 함께 거느리는 대목이다. 어쩌면 김은정이 바라보는 물water이라고 하는 것이 이뤄내는 지형지세에서의 형국은 보다 근원적으로는 그 활기찬 역동성과 순수한 추진력, 보편적인 감화력 등의 측면에서 흔히 '아빠'로 통칭되는 부성夫性/父性에 대한 시적 미학을 거기 수성水性에 견주어 볼 수도 있겠다. 그러한 물은 고통과 상처의 치유로서의 망각과 새로운 기억의 환기력을 동시적으로 지니며 계층과 계급을 가리지 않고 모든 약자loser와 소외된 숨탄것들, 억눌린 자들에 대한 해방의 개척자로서의 부권父權의 되살림을 가능하게 하는 매개체이다. 하늘의 신성神性인 아빠와 지상의 범부凡夫인 아빠가 천지 차이로 벌려있다 하더라도 그 두동진 간극을 좁히는 시인의 언어적 마련은 자신의 일상과 세계 도처의 문제점들을 시적 병구완과 기도의 덕목으로 받아안는 포용력이다. '물답게 살아내는 일'도 기실 거기에서 멀지 않다. 김은정은 그런 천부天賦의 그리고 천연天然의 활성을 물water이라는 활성活性을 통해 개진하고 있는 것이다.

> 7년 동안 우리 기억이 사라지진 않았어
> 언니를 기억하는 노란 리본들이 노란 벽돌을 쌓고 노란
> 눈들을 포개고 포개서 노란 학교를
> 세웠지/ 4.16 기억교실, 언니의 학교야
>
> 6월의 아침, 난 2학년 9반 지각생 야옹야옹
> 3층 계단을 살짝살짝 뛰어오르지
>
> 기억교실에 앉아 긴 생머리를 빗고 있는 보미 언니
> 거울아, 거울아 이 세상에서 누가 젤 예쁘니?
> 세상에서 제일 예쁜 보미 언니가 요술 거울에게 묻고 있어
>
> (중략)
>
> 아, 기억난다!
> 보미 언니가 백설공주보다 더 예쁘다는 거
> ―「기억 교실」부분

그러나 아픔의 전력이랄까, 그 잊힐 수 없는 트라우마의 시간은 아직도 현재진행형이고 그걸 환유換喩하는 다양한 이미지와 비유의 속성들은 여전히 아프고 생생하다. 시간의 경과만으로 우리는 삶의 여러 상처들이 치유되는 게 아

니듯 오히려 그 과거는 현재를 지배하는 불가피한 현실로 다가올 미래를 볼모로 잡기도 한다. 그런 의미에서 '기억교실에 앉아 긴 생머리를 빗고 있는 보미 언니'는 생사生死를 종횡무진하는 고통의 입자粒子의 한 콤플렉스이면서 동시에 사회 공동체가 쉽사리 망각에 빠지는 걸 경계하는 곡두의 이미지로 서늘하고 완연하다. 그리하여 생명의 활성活性과 공동체적 기억의 트라우마가 만나는 지점에 시인이 순정하게 기도하고 간구하는 '아빠'는 여전히 미흡하면서도 완전한 시적 구도構圖로 김은정의 시들 전편의 정서적 기후로 자리잡아가고 있다. 그것은 생태적인 삶이 생물학적인 죽음의 한계를 넘어 과거의 끔찍했던 기억의 원천을 재장구치지 않고 우리네 사회 전반에 불필요한 죽음이 재발하지 않는 현실을 전제로 기능하는 것을 의미한다. 과거를 복기復碁하는 시인의 언어는 이렇게 넋두리를 넘어 일종의 생명의 주문呪文처럼 아빠의 기도를 불러낸다. 기억을 인상적으로 소환해 고통의 분위기를 환기하는 차원을 넘어 새로운 추념을 꾀하는 일, 시인의 기억제記憶祭는 숨탄것들의 궂긴 과거에의 집착이 아니라 새로운 활로活路의 설계에 더 방점이 찍혀있어야 한다.

결국 내 몸이 불꽃을 일으키고
짙은 어둠을 통과하는 동안 함께 똑똑 떨어지던 젊은 친구들의 얼굴과 얼굴 위의 얼굴이

수수 꽃같이
환하게 믿는 목숨이 오직 하나뿐인데도

그 하나조차
수없이 꺾인 넓은 어깨 곁에 어깨들

잊을까 봐 어깨동무를 하고 서로를 만졌던

고맙게도 오늘 다시 보는 보랏빛 얼굴들
형아야,

오랫동안 오월로 오고 있는 늙은 형을 불러보면

평화를 빌어,

제일 가난한 목장갑을 끼고 오는 우리 형의 말, 광주가
살아 있는 동안
　　― 「수수꽃다리」 부분

　기억의 현황現況이란 늘 과거를 소급하지만 우리는 단순
한 복기나 복사copy가 아니라 '환하게 믿는 목숨이 오직 하
나뿐'임을 알기에 이 목숨의 종요로움을 '오늘 다시 보듯 보
랏빛 얼굴들'을 통해 갱신하고 확인하는 데 있다. 이런 다짐
은 늡늡한 시의 몫이기도 하다. '오랫동안 오월로 오고 있는
늙은 형을 불러보'듯 우리가 김은정의 시편들 속에서 '아빠'
를 새삼스레 절절하게 불러 만나게 되는 것도 어쩌면 생명
수生命水와 같은 인류의 심성이 마르지 않게 성스러운 조바
심을 치는데 있지 싶다.

기억의 물이 마르지 않는다는 것은 고통이 만연蔓延하지 않게 세계시민의 주권을 가지는 것이며 상처로부터 헤어나지 못하는 이들을 위한 실존적 연대連帶를 강구하는 일이다. 시인은 그런 간원懇願의 여사제로 세계시민의 '평화를 빌어'마지 않는 당찬 언어의 주술을 펼치는 존재이며 훼손되고 왜곡된 문화의 변방에서 희망찬 울음의 노래로 웃을 수도 있는 실존적 당사자인 것이다. 그 한탄이자 희구이며 예언이며 기도의 노래가 마련되는 장場에 불우한 현실은 초대돼 빛과 그늘을 쐬고 있는 것이다.

김은정

김은정 시인은 경산에서 태어났다. 한서대학교 문예창작학과와 단국대학교 석사과정을 졸업했고, 현재 단국대학교 대학원 문예창작학과에서 박사과정을 공부하고 있다. 국민학교 5학년 때 전국글짓기 대회에서 「안경잡이」로 장려상을 수상했고, 2015년에 『애지』에 시로 등단했다. 2006년 안견백일장에 시 부문 「푸른 솔방울」 장려상 수상. 2006년 동서문학상 동화, 시 부문 맥심상 수상, 2020년 동서문학상 소설 부문 「생수」 가작 수상, 2021년 동서문학회 커피백일장 가작 수상, 2021년 예천내성천문예현상 공모 시 부문 「내성천의 물발자국」 우수 수상, 2021년 환경연합실천주최 시 부문 「곰의 노래」 가작 수상, 2021년 천주교 수원교구 주최 「파키스탄에 함께 간 아들」 생명수호상을 수상했다.

김은정 시인의 『아빠 찾기』는 그의 첫 시집이며, '부성父性의 혁명과 문화적 글로벌리즘의 시학詩學'이라고 할 수가 있다. 김은정 시인에게 있어 기존의 가부장적 권위주의의 남성성과 그 아류적亞流的 성격의 남성성은 오히려 현대에 있어서 아빠의 부재不在나 결핍을 드러내는 상황으로 도드라질 따름인 듯하다. 언젠가부터 상실되고 결핍이 심화된 참다운 남성성으로서의 부권父權의 실상을 여성적 관점에서 끌밋하게 성찰해온 것이 김은정의 내력이자 시적 내공內攻으로 여겨진다.

이메일 eunjung8520@hanmail.net

김은정 시집
아빠 찾기

발 행	2022년 12월 22일
지 은 이	김은정
펴 낸 이	반송림
편집디자인	반송림
펴 낸 곳	도서출판 지혜, 계간시전문지 애지
기획위원	반경환 이형권
주 소	34624 대전광역시 동구 태전로 57, 2층 도서출판 지혜
전 화	042-625-1140
팩 스	042-627-1140
전자우편	eji@ji-hye.com
	ejisarang@hanmail.net
애지카페	cafe.daum.net/ejiliterature

ISBN : 979-11-5728-498-6 03810
값 10,000원

* 이 도서는 안산시 문화예술진흥기금으로 제작된 도서입니다.